FLORET
READING

小花阅读

我们只写有爱的故事

青春阅读　幸得相见

－ 春风集 －

系列 01

晏生 │ 小花阅读签约作者

女，天秤座。
拖延症患者，努力改进中。
喜欢独处，也爱热闹，希望有一天住进深山老林写故事。

伙伴昵称： 露露、小鹿

个人作品：《林深时见鹿》《林深时见鹿2》《悄悄》《此去共浮生》
即将上市：《林深时见鹿3》

SEN LIN JI

春风集 · 森林记

晏生 著

你是我藏在心里的少年，刻在心上的名字，
追逐一生的执念，和不能言说的秘密。

花山文艺出版社

小 花 阅 读

【春风集】系列 01

《春风集 · 森林记》

晏生 著

标签：温暖治愈｜首本青春心动故事书｜12 次怦然心动

内容简介：

小花阅读人气作者晏生，在温软时光里，献上她收集的所有怦然心动。

12 次他与她的遇见，12 次我喜欢你。

全书包含《森林记》《蝉时雨》《你与时光生生不息》《陈塘夜话·颐宁》等 12 个精彩故事。

有爱片段简读：

他有一次感冒，躺在床上休息，有人轻吻他的脸颊，微凉的温度印在唇角。他忍住笑意，不敢睁开眼睛，怕吓坏他的小姑娘。

他装睡，听她在床头背诵情诗，和风送来沉醉的花香。

"长日尽处，

我来到你的面前，

你将看见我伤疤，

你将知晓我曾受伤，

也曾痊愈。"

我知晓你曾受伤，想护你痊愈。

而我爱你，岁月永恒，天地希声。

——《来时雪覆青桉》

小 花 阅 读

【春风集】系列 02

《春风集 · 摘星星的人》

姜辜 著

标签：文艺又美好｜我们的世界甜甜的｜少女情怀总是诗

内容简介：

小花阅读人气作者姜辜，精心收纳 13 个明亮而美好的故事。

最温暖的呼唤与最美好的期待。

世界这么大，我却独独喜欢你。

全书包含《微风与春水》《寻人启事》《不见不散》《摘星星的人》等 13 个暖爱短篇。

有爱片段简读：

纪柏舟，那一刻，我没有办法不对你动心。

以至于后来，我都梦到过很多回这个场景——

狭窄的巷子里，你背对着夏末秋初的阳光，空气中好像还残留着全麦吐司的香味。

你站在我面前，向我伸出你的手，它匀称好看，经脉微凸，年轻有力，你将它伸到我的面前，然后你问我，走吧？

走。纪柏舟。我走。

天涯海角，我都跟你走。

——《写给你的一百封信》

小 花 阅 读

【春风集】系列 03

《春风集 · 我愿人长久》

打伞的蘑菇 著

标签：致青春｜爱情童话主题书｜11 次全力呼唤的我喜欢你

内容简介：

小花阅读人气作者打伞的蘑菇，首本清甜爱情短篇集，内含 11 个细水长流的心动故事。

关于青春岁月的那些偷跑的心跳和没能说出口的"喜欢你"，给出的一次美好结局。

全书包含《八千里路云和月》《十三亿分贝》《我愿人长久》《爱不可及》等 11 个优秀故事。

有爱片段简读：

何遇抓着她的手，渐渐变得透明的手，渐渐变得透明的身体，他忽然记起来，在他漫长而孤独的一生中，好像总能梦见一个人，透明的，存在于他的生命里。

她是听夏。

听夏伸手抚上他的脸，眼里的光一点点地变淡："我来到这个世界，他说我会遇见一个人。"

"然后呢？"何遇的声音有些哽咽，

"然后我爱他，胜过这个世界。"

——《透明人间》

序 /

我 们 都 会 变 得 越 来 越 好

去年夏天快要接近尾声的时候，买了本秋历，封面上是银杏和槭树的叶子掩映，底下有一行小字：一年四季，周而复始。

很快，等到 11 月霜降，秋历也就到头了。

记得那天的天气不错，是在国庆小长假前夕，烟罗姐说，我们来做个短篇合集吧。

我打开放着短篇的文件夹才发现，原来写过的短篇也已经不算少，不知不觉中，来到大鱼和加入小花已经这么久啦。我顿时察觉到时间的匆匆，也觉得幸运和感激，看着和烟罗姐聊天的对话框，忽然想隔着电脑屏幕亲亲她。

因为需要整理短篇，翻开以前写过的文档逐字逐句再看一遍，那些敲出来的字不是日记，却好像日记一样记录着自己的成长。

诸多不足，但在进步，我们都会变得越来越好。

这里的每一篇文，烟罗姐都耐心看过，如果有问题，她都在第一时间耐心给出指导意见。还有若若梨姐姐，永远笑容温暖得像个小太阳，她看文细致，情节好与不好都会和我们沟通。总是嘱咐着说大家写文遇到问题和疑问都可以找她，千万不要一个人憋着，为我们各种操心着。

感谢一直以来，她们给予的宽容和体贴。

最近跟朋友聊天，谈到相互给彼此的初印象，我发现自己一贯是看不准的。

当初第一次见面，我天真地以为姜辜同学应该是个乖乖女，性格温婉的那种，结果大错特错，她其实霸气侧漏、气场全开。反正有她在，我们就有了律师，连租房子也多了一个把关人，底气特别足！她就是让人觉得很安心的存在。

下一个点名，点到伞。初见的时候，我以为伞是一把文静内向又沉默的伞，结果她变身"中华小曲库"，三更半夜笑成一朵花。同居以后，有一次我和琳达搞大扫除，伞负责在厨房做饭，她一个人弄出了一桌菜——鸡蛋宴。味道不错，给她比心。还有一点得好好表扬伞，她和我一样胃口好，我们每次互相怂恿对方吃东西的时候，都会满口答应，然后一起拿着手机和门禁卡就下楼去胡吃海喝，然后再撑着肚子一本满足地回来。

最后一个点名是琳达。她给我的第一印象，大写加粗的两个字——冷漠。

混熟了之后，她变身每日点餐小达人、洗水果小达人、填工资单小达人，冷漠都变成了天边的浮云。琳达还有一个实用的小技能——看导航。每次出去找路，她就打开百度地图，像一面小红旗率领着我们几个转来转去找到目的地。迷妹变成了团妈，心疼琳达一秒钟。

最后不得不补一句，琳达过马路的时候尿得很，一秒钟从湘西杠把子变成长沙小豆丁。当然啦，各位过马路的时候确实应该多小心一点儿，注意安全，可以向琳达看齐，尿一点儿躲在朋友旁边也没关系。

这几天喉咙不太舒服，好了，我要去找药房千金伞问问她有没有慢严舒柠了。

晏生

每一次走向你，我都怀抱着孤注一掷九死不悔的决心
哪怕跨越千山万水，天寒地冻，大雪漫过眉间

CHUNFENGJI
SENLINJI

目 录 _ Contents

春 风 集 · 森 沭 记

目 录 _ Contents

你与时光
生生不息

＼

她终于向这个世界妥协。
却依然庆幸，那年夏天出现在她生命里的那个少年，
曾带给她独一无二的温暖和眷恋。

01. 世事如舟，而你留在光阴的彼岸

生物学家纳博科夫说，自然界中总存在那么几种蝴蝶，在即将破茧之际，通过蛹的外壳就可窥见其精美绝伦的翅脉轮廓，正在努力挣脱，想要涅槃重生。

谈杞合上书页，外面的马路依旧堵得水泄不通，前座的司机回过头问他："先生，需不需要换一条路线？"

"不了。"谈杞打开车门，他现在走回公司不过十五分钟。

一路喇叭声和叫骂声不绝于耳，拥堵的源头是前方的植物园，

今天有人在那里举办一个行为艺术展。

围观群众太多，谈杞路过，站在外围，隔着铁栅栏远远看见几个透明的人造蚕蛹被推上高台。狭小的空间束缚着里面穿蝴蝶兰纱裙的女人，她们的四肢被丝线缠绕捆绑，正在用抽象的肢体语言竭力表现蝴蝶破茧而出前所经历的绝境。

镁光灯闪烁，台前聚集了不少记者和摄影师，还有许多路人指指点点、评头论足，并不能理解这所谓的艺术，纯粹只是看戏。

谈杞对这样的场景倒不陌生。他妈妈沈维苏是国内外著名的行为艺术家，同时还是个蝴蝶分类学者，毕生最大的兴趣就是把这两者结合起来，通过人体行为艺术的表演来模仿蝴蝶，阐述她想要表达的主题。

谈杞看得出神，他站在令人炫目的骄阳下，不明白心里突然涌现出的虚浮和空洞感是因为什么。这种莫名的情绪，从神经末梢一点点地扩散，如同细菌一般，在他的体内迅速滋生。

直到晚上他梦见岑安。

梦醒之后，他靠坐在床头发呆，忽然想起自己已经很久没有见过岑安了。

谈杞和岑安认识，便是因为沈维苏的一次行为艺术展。

那是四年前的深冬，谈杞因为赶论文而不得不通宵达旦地做实验、测数据，整整一个寒假不得清闲。

偏生沈维苏喜欢折腾，把艺术展开到了家里的后花园。

安静的谈家顿时热闹得如同菜市场，谈杞被外面的动静吵得不得安生，忍无可忍，窝了一肚子火从二楼下来，就见客厅一角围了好几个模特，正急得团团转，好像出了点儿状况。

其中一个模特肠胃炎犯了，上吐下泻，只能临时撤下来赶去医院。离出场只剩下十来分钟，沈维苏又不见踪影，没人知道该怎么办。

谈杞不甚在意地说："换个人不就得了。"他一把拎起沙发上的吃瓜群众，"我看她就适合。"

毫无防备的岑安"啊"了一声，手里的提拉米苏掉到了地上。

得益于沈维苏每天在饭桌上高谈阔论和大肆宣传，谈杞无比清楚地知道整个艺术展的内容和流程。他继续把岑安拎到化妆间，蹲下来严肃地问她："待会儿你需要做的非常简单，只要化个妆，换套衣服，跟在她们后面走过场就可以，你愿意吗？"

他的手搭在椅背上，半包围的姿态，把岑安圈起来，大有强抢民女的架势。

要换作别人，此时的正常反应应该是把先前的提拉米苏捡起来，糊谈杞一脸，再骂一句"神经病"。

但是岑安没有，她望着谈杞近在咫尺的脸，艰难地咽下口水，然后点了点头。

谈杞朝她笑了一下："别紧张，你就当是闹着玩的。外面那么多人，也没几个真正能理解行为艺术，你就算胡来，也无所谓。"

他连续几天熬夜，眼底一片青灰，那笑容也实在牵强，暗地里不知压抑着多少不耐。岑安察言观色，乖乖地抱着纱裙去了更衣室。

那个下午，岑安就像经历了一场荒诞的梦境。

她被化了一个夸张的妆，头发造型诡异，脸上厚重的脂粉遮挡了本来的样貌，变成了一个自己全然不认识的人。她跟在五个模特后面，提着幽蓝色的裙摆，赤脚走上铺满白色细沙的通道，在台上站定，然后摆出一个谈杞事先教过她的姿势。

好在，只维持了十分钟。

十分钟后，她就能退场。

回到化妆间里，她对着镜子还是一脸愕然，仿佛还没从方才的幻境中清醒，开始后知后觉地紧张。

她竟然就那样在众目睽睽之下登场。

"你知道刚才自己表演的是什么吗？"谈杞出现在门口。

岑安吓了一跳，摇头。

"是蝴蝶，还未破茧而出的蝴蝶。"谈杞把手里的餐盘递给她，"先前害你掉了提拉米苏，现在还给你了。"他着急回卧室补觉，说完就走。

岑安看着餐盘里的水果和精致的小甜品，心想，这人也不是那么坏。她从包里摸出药瓶，直接把药丸干咽下去，再赶紧往嘴里塞了块黄桃。

苦涩之后，清甜在口腔蔓延，截然不同的两种味道混合在一起，折磨着她的味蕾。

02. 那就一起走，凑足了三人游

来年大三开学，谈杞早已经把那件事情抛之脑后，不再记得那个被自己赶鸭子上架的女孩儿，甚至连岑安的名字，他也并不知晓，依旧待在实验室里，忙着完成魔鬼导师分配下来的艰巨任务。

再次遇见，是在渝中大学的校园里。

那天，赶上程似星来找他帮忙。

周日文学社团有讲座，一贯活动的教室被几个外教占用了，程似星领着一帮学弟学妹四处寻找新的场地。最后，他们来到了五楼。

偌大的实验室里，只有谈杞一个人。

程似星看见他就像战士看见了胜利的曙光，乐颠颠地跑过来询问："阿杞，地方借我用用吧？"

那间实验室的格局大约对半分，前五排是单个的座位，后方是实验台和存放药品的储物柜。只要他们保持良好的秩序，谈杞并不会受到影响。

再说，谈杞根本没有办法拒绝这样的程似星。他们是老交情，高中同班同学、大学校友，兼心仪对象。

谈杞说："随你。"

"谢谢首长！"程似星朝他敬了个礼，大手一挥，外面的人一窝蜂地涌进来。

谈杞随眼一瞥，看见了走在队伍末端的岑安，她穿着及膝的墨绿色方格裙和米色外套，及肩的头发向内卷曲，衬得脸越发地小。

她径直走向最后一排，挑了角落的一个位置坐下，离谈杞的实验台很近。

社团的人迅速安静下来，程似星是文学社社长，她这次给大家讲卢梭和亚里士多德。

中途不知怎么提到拿破仑，她说了一个笑话："我读高中的时候，也想要加入学校文学社，参加了招新考试。当时大家拿到的题目是'请你谈一谈拿破仑'，结果旁边有个女生居然不知道拿破仑是什么，围绕'一个人拿着破轮子'写了篇记叙文，真是好大一朵奇葩……"

底下哄然大笑。

连谈杞也跟着扬了扬嘴角，这是他听过八百回的老笑话了。每次他冷着一张脸，程似星就拿这个来逗他。

一片欢乐中，谈杞注意到前方女孩儿微垂的侧脸，似乎只有她一个人游离在状态之外，握着笔在稿子上涂鸦。

岑安蓦地回过头，看了谈杞一眼，递给他一张纸——

你好，我叫岑安，电话号码是139×××0709。

真是粗暴简单的搭讪方式，她看上去害羞、内敛，实际上叫人大跌眼镜。也对，第一次参加行为艺术展就能做到镇定自若且面不改色的姑娘，当然不容小觑。

岑安不知道，自己鼓起勇气递过去的字条，给谈杞留下了如此彪悍的印象。但不管怎么样，两人好歹也算是正式地认识了，岑安终于不再是单方面的"知情人士"。

社团活动结束，大家散场，程似星检查完卫生情况，问谈杞："一起走？"

"好。"谈杞把试管冲洗干净,擦干手,准备往外走。

倏然脚步一顿,他扭头问岑安:"中午有约吗?"

程似星这才注意到,实验室里除了他俩,还有一个人。

岑安显然也在状况之外,抬头怔然地望着谈杞。后者挑了下眉,解释道:"那天你帮了大忙,我妈一直想要找机会感谢你,如果你现在有时间的话,请你吃个饭怎么样?"

这是突然降临的机会,岑安想,她没有理由拒绝。

"好。"她点头答应,握住钢笔的手紧了紧,掌心布满曲折苍白的纹路,错综复杂地交缠在一起。

这个饭局,变成了三人游。

岑安以前无数次见过谈杞和程似星一起走在路上的模样,只是没有想到自己有一天也会加入他们。她曾经无比羡慕程似星,活力四射,像个发光体,能够肆无忌惮地和谈杞玩笑打闹,坦荡地走在他身边,收获他的喜欢。

如今她也算凤愿得偿,想来却只觉得心酸。

程似星是个自来熟,三言两语打听清楚了岑安的情况,感叹道:"原来你也是七中毕业的呀!我跟阿杞也是,咱们还同届,怎么以前不认识你?"

"我是高二转学过来的，读文，你们在理科班，见面的机会少。"岑安说。

"那就难怪了。"程似星笑，眉眼都生动起来，"要是能早点儿认识就好了，现在我都要走了，好遗憾……"

岑安没有想到，这顿饭，是程似星去澳洲之前跟谈杞吃的散伙饭。

落座之后，谈杞一直没有说话，直到程似星接了个电话之后表示要走了，他才说："到了那边好好照顾自己。"

程似星越过桌子，走过去跟他拥抱。

时间好像被凝固，拉长，放慢，那个拥抱持续了很久才结束。岑安作为路人甲，全程目睹了这次告别。

程似星的爸爸开车来接她一起去机场，他们是全家移民过去，走得干净利落，估计以后难得再回来一次。程似星也将在那边继续完成学业，展开另外一段崭新的人生。

岑安和谈杞一起送程似星到餐厅门口，目送车子驶远。天空蔚蓝如海，早春的阳光和煦温暖，好像不曾有离别。

他们一起抄近路走回学校，小道幽静，只有两人的脚步声。

"抱歉，把你拉进来。"谈杞解释，"因为似星要走，我不擅长道别，两个人对面坐着太尴尬了……"

所以把无辜的岑安牵扯其中，好歹凑成了三人游，缓解气氛。为答谢她在艺术展上的出手相助，也不过是临时想出来的冠冕堂皇的理由。

岑安想，原来如此，这人果然还是一如既往地恶劣。

她了然一笑："我又被你拿来当枪使了。"

话虽这样说，她却毫无生气的迹象。

03. 你一定不知道吧，我就是那个笑话

许是谈杞终于良心发现，对岑安有了些愧疚的情绪，他对于这个突然侵入他生活的女孩儿没有抱以敌意，自然而然地接受了她的存在。

早起跑步在操场偶遇，中午在食堂偶遇，晚上在图书馆偶遇；男生宿舍楼下偶遇，篮球场偶遇……无时无刻不在偶遇，好像就算拐个弯儿，俩人都能撞一起。

"以前我怎么没发现，好像在哪里都能碰见你？"

"可能咱们的缘分现在才开始。"

"你究竟想要干什么？"

"和你做朋友啊。"

岑安选择了最妥帖、最安全、最老套的说辞。

所有人都知道谈杞喜欢程似星，那么，她怎么还敢开口，说

一句"我喜欢你"。不得不老实地，退守着自己的领地，让他没有办法拒绝自己。

谈杞无言以对，他发现当面前的女孩儿红着耳朵故作厚脸皮地跟自己说话，他并不想让她难堪，只能放任和纵容。

渝大校园里渐渐有了传言，说谈杞身边换了个人。

以前程似星跟谈杞关系要好，形影不离。

现在岑安仿佛活成了第二个程似星。

大三下学期是最忙的时候，谈杞依旧我行我素，对于自己不喜欢的课，一律翘掉，一整个下午都待在实验室里。

岑安喜欢拿着书过来自习，说是因为这边安静，比考研教室还好。

她坐在满屋子的仪器和药品当中，安然自若地写笔记。谈杞实在看不下去了，走过去，敲了敲她的桌子。

岑安茫然地抬头，谈杞拿出一个医用口罩，给她戴上。

"我刚刚做了实验，有的试剂刺激性大，里面气味不太好闻，你不要多待。"他的指腹轻擦过她的耳郭，靠近的时候，白大褂上有凛冽的消毒水味道。

"那你呢？"被口罩遮住了脸，岑安只露出额头和眼睛来。

"我做完这个课题也就结束了，这是个人兴趣，以后多半不会再进实验室。马上就要大四了，可能会出去实习。"见她听得认真，谈杞难得问起了她的打算，"你准备考研吗？"

岑安考虑了会儿说："还没有想好。"

等谈杞转身，又认真忙起了自己的事情。岑安悄悄摘下口罩，咽下一颗药丸。她翻了翻日历本，这一年的春天快要走到尽头，外面的阳光开始渐渐强烈。

岑安退了文学社。

程似星走了以后，接任社长位置的是一个戴眼镜的高个子男生。

谈杞看到告示栏里公布的新一届社团干部，若有所思。岑安知道他又想起了那个远在地球另一边的女生。

岑安想要逗他开心："我跟你讲个笑话，你听了就笑一笑。"

她轻轻说道："从前有个人，她参加文学社的招新考试，题目是以拿破仑为题写一篇作文，她愚昧无知，肤浅得可笑，不知道拿破仑是什么，大胆发挥想象，高谈阔论就'一个人拿着破轮子'，写了两千字……"

岑安说完，眼睑温和地垂下来，她问谈杞："你怎么不笑？"记得上次在实验室里，程似星说起这个，他明明就很开心。

她比谈杞矮许多，只到他的肩膀，站在他面前显得格外小。

她眼睛酸涩地盯着地百，蚂蚁搬家，一片密密麻麻的黑色，还有阳光落下来的影子。

"谈杞，你一定不知道吧，我就是那个笑话。"

她就是那个写"一个人拿着破轮子"的傻瓜。

岑安有一段童年时光，是跟着奶奶在山疙瘩里度过的。

那时候她爸妈各自塞给了她一大笔钱，但其实用不到，蜿蜒崎岖的山路阻隔了一切，每去一次商店都得走半天的路程。她本该到了上初一的年纪，乡村教育落后，她索性就留在家里，不肯出门。

陌生的环境、贫瘠的土地，还有听不懂的方言。

她静坐，没日没夜地发呆，十天半个月用不着说上一句话。她不知道自己什么时候开始出现幻听，上空中有飘浮的声音，叫自己的名字。

岑安一度以为，自己疯了。

她至今不愿意回想那段时光，无形之中的束缚，像有丝线捆绑在心上，越勒越紧，决要不能呼吸。直到她不小心被玻璃碎片扎破了手掌，鲜血源源不断地冒出来，那一瞬间，她竟感觉到舒畅淋漓。

邻居家的小孩儿率先发现她的不对劲。

奶奶最终联系上岑安的爸爸，让他过来把人接走。

岑安被送去医院，医生诊断她患上了抑郁症。

她爸爸混迹于大小赌场，粗人一个，不信这个邪，只当那些都是子虚乌有的病状，如同什么也没有发生过。

岑安不太上心地服用药物，同时也开始回归学校，过正常人的生活。时间已经不知不觉过去四年，她该上高二了。

她转学去了七中。

这是岑安一生的转折，她在七中遇见了谈杞。

那时候的岑安，孤僻、堕落、颓废，她麻木地放任自己在黑暗中沉浮。不听老师讲课，不与同学来往，不参加任何活动，就算被孤立也无所谓，任由拳头砸在瘦骨嶙峋的背脊上。她变得像下雨天地上潮湿泥泞的沟壑，容纳一切污浊。

可那天她看见了国旗下讲话的谈杞。他美好、阳光、积极向上，是一切美好的代名词。

岑安站在班级队伍的最末尾，望着前方的那个人影，像被当头一棒袭击，从灵魂里感受到了震撼。她突然蹲下来，捂着眼睛开始哭。除了她自己，没有人知道这场眼泪是因为什么。

当晚岑安告诉自己的心理医生，她今天哭了，她已经能够正常地发泄情绪。

聊天过程中，医生循循善诱，劝导她朝着那个少年的方向努力，摆脱现状。

因为谈杞，岑安决定与内心的恶魔做一次殊死搏斗。

她开始听课，甚至上课后去辅导班，和同学和睦相处，向老师请教问题。她第一次尝试参加社团，就遇上了"拿破仑"的难题，闹出天大的笑话，还被程似星看了去，传到谈杞耳边，变成永远的笑谈。

她受尽挫折，却越发百折不挠。

落下四年的功课要补上来谈何容易，况且她的身体和精神状况都算不上好，她却在两年之后奋起直追，考上了谈杞被保送的渝中大学，再度和他成为校友。

这些事情多么不可思议，可岑安就是办到了。

升入渝大以后，岑安照旧悄悄打探谈杞的情况，她知道他家的具体位置，知道他家的门牌号码和电话。知道他父亲早年病逝，母亲是一个行为艺术家，于是借着展览的机会混进场，溜入客厅，扮作一个无辜的吃瓜群众。

不过是为等一场偶遇，等他认识她。

即便如今，岑安能够微笑着告诉谈杞，你一定不知道吧，我就是那个笑话。

谈杞也无从得知她辛苦熬过的往昔有怎样的绝望，他只需要看到面前这个青春漂亮的岑安，不必邂逅曾经住在悬崖边上摇摇欲坠的岑安。

她踏着荆棘而来，只为与他走一段路。

暗恋其实是一场诛心。

04. 天要下雨，娘要嫁人

大四毕业，岑安还跟谈杞一起厮混。以朋友的名义留在一个人身边，真是天长地久的保证，不存在分手这一说。

谈杞果真很少再步入实验室，从他爷爷手中接管下家族的餐饮企业。有长辈说他是天生的商人，沉稳、淡漠而野心勃勃，必成大器，只是时间的问题。而岑安在一家甜品店应聘成功，从零基础开始学起。她的生活节奏很慢，每天五点下班，等谈杞路过店门口，两人一起约晚餐，然后散个步，分手各自回家。

去过几次谈家之后，连沈维苏都和岑安熟了起来。

那个狡黠的女人第一眼就识破岑安的心思，私底下悄悄问她：“你喜欢阿杞对吧？”

岑安缄默不语。

沈维苏只当她是害羞，不想承认，铆足了劲儿想要撮合俩人："阿杞像根木头一样，他不懂感情，不如你先捅破这层窗户纸，跟他告白，然后高高兴兴在一起多好啊……女孩子主动一点儿也好，不要害羞嘛。"

岑安摇头，淡淡地指出："他有喜欢的人。"

沈维苏一愣，随即明白过来，大骂谈杞浑蛋，吃着碗里的望着锅里的，只知道妄想远在天边得不到的，却不知道珍惜眼前的。

岑安汗颜，拉住脾气火暴的沈维苏。

沈维苏语出惊人："反正我是要嫁人了，那臭小子就让他继续打光棍吧，活该！"

沈维苏要二婚了，她看上一个德国同行，准备搬了嫁妆奔赴欧洲。

走的那天，谈杞和岑安去机场送她。她看着谈杞眼睛又要冒火，被德国佬未婚夫强行按住了，最后她只是拍了拍谈杞的肩膀，叹了口气说："儿孙自有儿孙福，阿杞，你只要自己别后悔就行。"

谈杞一言不发。

他西装革履，眉目冷峻，往昔的少年已经长大，如同一棵静默挺拔的树。

身边的岑安穿着毛呢大衣，长长的围巾在脖子上缠了一圈又一圈，双手插在口袋里微微笑着，眼神明亮。她呼出白雾，耳朵尖都被冻红了，站在谈杞的左手边，好像冰天雪地里与他相依相偎的小松柏。

载着沈维苏的飞机很快离开这座城市，从机场出来，外面下了小雪。

晚上谈杞在家喝酒，突然发现窗外已经覆盖了一层银白。他喝得酩酊大醉，在彻底失去意识之前，还知道打电话给岑安，告诉她自家的备用钥匙在第三层台阶左边的花盆下面。

岑安赶过来开了门，被室内的酒味熏到。她熬了醒酒汤想给他灌下去，谈杞却不配合，额头抵住了她的肩膀，一遍一遍地念叨："安安，安安，安安……"

岑安像劝小孩子一样哄道："念了这么久，你渴不渴？来，喝一口水。"

谈杞别过头，委屈地说："安安，天要下雨，娘要嫁人，我留不住，还能怎么办？"

岑安忍不住笑了起来。

笑完又有点儿心疼，沈维苏再嫁离开这片土地，谈杞表面上满不在乎，其实是伤心的。他曾经和沈维苏相依为命，现在却只剩下他。只是他早已经不习惯将真心表露，需要借一场大醉，才能说实话。

沙发上的手机振动起来，岑安拿起来看，屏幕上亮起的来电显示是程似星。岑安一怔，受好奇心驱使，她按下了接听键，手机那头传来一阵崩溃的哭音。

05. 你与时光生生不息

程家在澳洲失窃，程似星被歹徒砍伤了右臂。

岑安挂掉那通电话的第二天，把这个消息转告给了淡杞。他听了以后无动于衷，只是紧紧皱着眉。因为昨夜醉酒，身上的衬衫被他蹂躏得褶皱不堪，扯松了领带，弯腰坐在地毯上，仿佛在考虑商场上最难拿下的合同。

岑安照顾了他一晚，自己也有点儿头昏的症状。

她从淡杞的公寓离开，打开门，被外面的冷风一吹，整个人都清醒了两分，用力地拍了拍自己的脸颊，有些发热。

岑安决定去跟甜品店的店长请假，大睡一场养养精神。她回到一个人冷冷清清的家，身上落的雪粒把衣服变得潮湿，又被风干，把余温都带走，让她越发觉得冷。

空荡荡的屋子好像没有声息，岑安靠站在墙壁上，闭上眼睛，静静地想自己过去二十几年的人生。她如同浮萍，漂泊到今天，原本卑微，因为年少时爱上一个人，于是疯狂又奋不顾身。

她突然打开家门，朝着谈杞公寓的方向奔跑起来，好几次摔倒在雪地里，又爬起来。脑海中有个声音不断在循环，她想要马上见到谈杞，再给自己最后一次机会，再赌一次，向他告白。

坦荡地、不再有所顾忌地，向他宣告——

我爱你。

两个公寓之间相隔的距离并不算远，岑安气喘吁吁地跑过来，只差中间横亘的一条马路的距离，对面就是谈杞的家。

大脑缺氧，岑安努力调整自己的呼吸，然后她看见谈杞从屋里出来，手上拉着一个行李箱。

岑安所有的热忱和满腔沸腾的热血，在这刹那，骤然冷寂。心脏都被冻住了，她好像掉进了冰窖里。

她知道，谈杞要去澳洲找程似星了。

这同样是谈杞给自己的最后一次机会。他告诉自己，再试最后一次，如果程似星接受，他们便皆大欢喜地在一起。如果失败，他就放弃。

他们不约而同地想到孤注一掷，却背道而驰。

岑安看着谈杞驾车离开，知道自己已经赌输了。

一星期后，谈杞独自从澳洲回来，从此，他再也找不到岑安了。

这些年谈杞目睹了身边的人陆陆续续地离开，程似星、沈维苏，还有同学、朋友、职场上的合作人，各种各样的人……

很多次上演离别的场景，他身边总站着岑安，她陪他一同度过那些时光。却从来没有想过，有一天，离开的人会变成岑安。

谈杞满世界地找过岑安，最终一无所获。从此以后，再也没有人用那样炙热天真的眼神望着他，仿佛只要他一个回头，她就在身后。

如今，他的身后已空无一人。

谈杞在年复一年，仿佛无止境的时光中，渐渐明白了自己究竟失去了什么。

可是失去的，再也找不回来了。他以为时光漫长，一切会自然而然地遗忘，可那次在植物园门口看到的那场行为艺术展，让他的记忆复苏，关于岑安的点点滴滴突然全部涌现出来。

有的人你以为忘记了，可她扎根在你自己也看不见的内心八百丈深渊，无法救赎。

再过两年，经家中长辈介绍，谈杞终于有了女友，是性情温婉的闽南女子，任渝中大学的图书管理员。

谈杞等女友下班,坐下来等,旁边的桌上有一摞积了灰的旧报。他随手翻看,手指停在了那一页。那篇报道是关于两年前植物园人体行为艺术展所出的事故,有个表演家突然犯病,窒息死于人造残蛹中。

死者的名字叫岑安。

谈杞记得那一天灼热的阳光。去公司的路上,堵了很长的队伍,他下车出来步行,远远观看了几分钟,然后转身走了。他不知道身后翻天覆地的变故,他只是依稀记得那种沉闷的感觉,像是有什么从胸口抽离。

眼泪夺眶而出,再也无法抑制。

他抱着那沓报纸,突然哭得像个孩子。

岑安曾经把自己最喜欢的摘句誊写在日记本上:

生物学家纳博科夫说,自然界中总存在那么几种蝴蝶,在即将破茧之际,通过蛹的外壳就可窥见其精美绝伦的翅脉轮廓,它正在努力挣脱,想要涅槃重生。

那年冬天她受冻,患上伤寒,一场高烧差点儿把她烧成白痴。被拖垮的身体加重了抑郁的症状,更何况,她彻底失去了谈杞,心理防线已经完全崩溃。

这几年她依旧过得不快乐，辗转之后，再回到这座城市。最后，那场行为艺术展是她自愿申请参加的。只是她进入蚕蛹之前，忘记了服药，常人能适应里面的空气，对她而言，却太过稀薄。

岑安没能再出来。

她也曾想要像蝴蝶一样涅槃重生，可是她太累了，只能死在暗无天日的旧壳里。

她终于向这个世界妥协。

却依然庆幸，那年夏天出现在她生命里的那个少年，曾带给她独一无二的温暖和眷恋。

蝉时雨

＼

—— "我想留在你身边。"
—— "因为愧疚？"
—— "因为爱情。"

01. 照这张合照的时候，你们才十五六岁

这个季节开始连绵不断地下雨，顾逢时站在宴城六中的走廊上，手里拿着一把黑色的长柄伞，等纪蔷下课。

教室的窗户开着，那些穿校服的孩子忍不住偷瞄他，看了一眼又一眼。檐下的雨珠连串地滴在长满青苔的小沟渠里，有的零星溅到了他深色的裤脚上。

铃声一响，纪蔷没有拖堂，直接喊了一声下课。

顾逢时走到教室门口，笑容谦逊有礼："老师，好久不见。"

纪蔷这天忘了染头发，半白的头发被外面的天光一照，整个

人都显出几分萧瑟之感。两天前她才料理完丈夫的后事，精神还
快快的，感慨地望着自己的得意门生："都长这么高了……"

"什么时候回宴城的？"她问。

"今天早上。"

他知道纪蔷丈夫出了事时还在国外，没赶得及回来参加葬礼，
心里愧疚，如今一得空就马上过来探望。

办公室里还是当年的老样子。

进门后最右边一个靠墙临窗的位置是纪蔷的办公桌，上面垒
着厚厚一沓作文本，红墨水的瓶盖还敞开着。

纪蔷年轻时肆无忌惮，就有烟瘾，也没想过要戒。

她打开窗抽烟，跟顾逢时聊天："前天李然他们一伙人来看我，
昨天下午是熊竟和他女朋友，他们都拖家带口的，怎么轮到你这
儿就成了一个人？"

顾逢时远来是客，却恭恭敬敬地拿着桌上的杯子给纪蔷沏茶，
笑了笑。

纪蔷弹了弹烟灰，想起什么，拉开抽屉在一沓文件里找出了
当年高一193班的合影。穿着淡蓝色校服的顾逢时站在最后一排，
个头高，样貌清俊，半边耳朵上挂着白色的耳机，神色冷淡地望
着镜头。

他分明漫不经心，看上去却格外耀眼。

"照这张合照的时候，你们才十五六岁。"

顾逢时的视线却落在旁边的另一张相片上，他拿起来看。

纪蔷说："这个是当年咱们班打篮球赛，我拍下来的。"

定格的画面里，除了场上穿球服的双方选手，还有围在四周呐喊助威和看热闹的其他同学入镜。

顾逢时盯着右下角那个小小的白色人影，眼睛里闪过巨大的震惊，拥挤的人群中，她仿佛瞬间就会被淹没。

"老师，你认识她吗？"顾逢时指着那一点问纪蔷。

纪蔷看了看，说："好像叫林恙。"

"她是我们学校的？"

"对啊，你不知道吗？"

顾逢时摇头。

"她和你同级，是隔壁李老师班上的学生。成绩优异，家庭条件不好，老师们还一起替她捐过款，所以我有点儿印象。"

"……捐款？"顾逢时的声音莫名哑了下来，不敢置信地低语，"怎么可能？"

"听李老师说，她常被班上的同学诟病偷东西，高三下半年的时候家里出了变故，就悄悄退学了。"

外边的雨势渐渐变大，落在幽绿的爬山虎和灌木丛上，午后宁静，顾逢时站在窗前，有一秒的恍然。他忽然觉得，命运像一张隐形的巨网笼罩在头顶挣脱不开。

而他，一直被蒙在鼓里。

淅沥的雨声中，掺杂了微弱的蝉鸣，把时光渐渐拉远。

02. 他说："我卖艺不卖身。"

顾逢时一直以为自己和林恙第一次见面，是在那个困窘的夏天。

他从宴城六中毕业，考上了C市最好的大学，家里却拿不出学费，父母坐在院子里摇着蒲扇一筹莫展，月光照亮这个一贫如洗的家。

第二天一大早，瘦高的少年背着吉他，站到了老护城河边的树荫下。脚边绿草如茵，他摆了满地的花鸟水彩画，那是他表姐曾经在家中练笔的作品。

太阳逐渐升高，毒辣的日头炙烤着大地，一群小姑娘簇拥而来，叽叽喳喳地向他询问价钱。

他说十块钱可以点一首歌，二十块钱卖一幅画。

林恙捧着杯奶茶站在对岸，里面的冰块全融化了。她躲在一丛低矮的冬青树后，听他唱情歌，杯沿上冒出的水珠顺着指间一滴一滴地往下淌。

不知过了多久，人群才散。

林恙逮住时机，一蹦一跳地踩着露出水面的石子过河。她佯装只是碰巧路过，正儿八经地向顾逢时打听。

"画多少钱一幅？"

"二十块。"

"歌多少钱一首？"

"十块。"

"那人呢？"

顾逢时原本蹲在地上整理手边的小摊子，蓦然一愣，终于在蝉鸣声中抬头看向林恙，树缝中漏下的光斑驳地映在他的脸上。

他说："我卖艺不卖身。"已经唱过很多首歌的嗓子有点儿哑，却说不出的好听。

"是吗？那真遗憾。"

林恙厚着脸皮留下来。

她不点歌，手里攥着一包润喉的薄荷糖，几次三番想要鼓起勇气送出去，最后却还是藏回口袋里。于是只能对着那些画挑挑拣拣，待在靠近他的地方，消磨这个上午。空气闷热，却觉得有一丝甜蜜的感觉。

她看画，顾逢时听歌，靠着树干塞上耳机，把耳边聒噪的蝉鸣屏蔽掉，仿佛当她也不存在。

他是林恙遭遇过的最冷漠的商贩。

那场暴雨没有任何征兆，黄豆大的雨点噼里啪啦地砸下来。林恙率先反应过来，手忙脚乱地收拾东西，动作终究快不过老天。

草地上还没卖出去的花鸟画全部被打湿，颜色糊成一团，无一幸免。

两人去古旧的城墙下避雨，林恙看着自己护在怀里却已然变成一张张废纸的画，数了数一共有多少张，掏出两百块钱来给顾逢时："我都买下了，还差六十块，我明天给你。"

顾逢时也没见过这样赶着送钱上门的。

"你要这些废纸做什么？"他皱了眉。

林恙无言以对，只是对着他好脾气地笑，眼神天真明媚。白皙修长的脖颈上，有块玲珑的翠色玉牌点缀，头上戴着今夏最流行的一款遮阳帽。

顾逢时便是这时认定，她家境优渥，不知人间疾苦。

因为衣食无忧，才会对钱财毫不吝啬。

03. 后会有期，这是古装电视剧里常常出现的台词

在顾逢时拒绝了林恙提议后的第三天，她又出现在了他的视线之中。

当时的顾逢时仍旧在唱歌卖画，只不过换了个地方。香山街的街尾，人群熙攘，他意外地被骷髅酒吧的老板看中，对方开高价请他去店里驻唱。

林恙捧着满满一纸袋的面包从对门的餐厅出来，见顾逢时在跟人说话，特地站在旁边的大型玩偶前等着，等他终于和老板把事情谈妥，闲下来，她才挥着手同他打招呼，说："嗨，好巧……"

干站半个钟头，只为了说这一声"好巧"。

顾逢时也朝她点了下头，心里却只当她是萍水相逢的陌生人，擦肩而过，连多余的表情都吝啬给。

直到林恙又顶着大太阳跟在顾逢时身后走了一段路，顾逢时才回头，有些气恼地问："你到底想干什么？"

林恙的体质容易出汗，长发濡湿贴着脖颈，全身像是从水里捞出来的，红着耳朵尖说："你以后会去骷髅酒吧唱歌吧，我一定来给你捧场！"

林恙说到做到。

只要顾逢时出场，她必定出现在台下第一排的座位上，成为

他的头号迷妹。她跟着音乐打节拍，眼睛望着他，小小年纪，仿佛已经将今生最诚挚的感情倾注在里面。

她给顾逢时送过许多次花，灯光摇曳朦胧，捧着白色的桔梗一步一步地走向他，说出口的无非是那句："你今天唱得真好听啊……"

顾逢时不是铁石心肠，渐渐习惯了她的存在，偶尔也会在喧闹的人群中找她的影子。

酒吧鱼龙混杂，有林恙这样捧场的，也有刻意为难闹场子的。那天有个臂膀上刻着刺青的中年男人掏出一沓钱，说要点歌，他指着顾逢时醉醺醺地说："本大爷要听你唱《杜十娘》，你快唱！"

顾逢时冷然拒绝："我不会。"

刺青男大发雷霆，砸了一扎啤酒，情况顿时变得一发不可收拾。

"我给你唱。"台上响起了另一个声音，林恙站到了麦克风前。她这天扎了个丸子头，穿牛仔背带裤，年龄更加显小，像一个误入成人世界的孩子。

底下的人全都愣怔地看着她。

她咽了口口水，粉色的唇张开，张嘴第一句几乎让人给跪下。

"孤灯夜下，我独自一人坐船舱，船舱里有我杜十娘，在等着我的郎……郎君啊，你是不是饿得慌，如果你饿得慌，就对我十娘讲，十娘我给你做面汤……"

顾逢时从没听过这么难听的歌。

正如有的人生来一副好嗓子，比如顾逢时；也有人天生就五音不全，比如林恙。

魔音灌耳，刺青男醉倒在地不省人事，一件大事就此平息，林恙简直功不可没。她唱完之后，鸦雀无声，在万众瞩目中走下台，自己也出了满头大汗，恍惚间，似乎看见顾逢时对她笑了一下。

那一晚，是顾逢时最后一次在酒吧驻唱。第二天下午，他即将出发去 C 市。

他不能做到悄无声息地走掉，于是跟林恙告别。

林恙对于他的离开表现得很豁达，她吸着橘子汽水，认真地说："你在 C 市好好照顾自己，我们后会有期。"

后会有期，这是古装电视剧里常常出现的台词。

江湖儿女入江湖，策马扬鞭而去，日后相见，其实遥遥无期。

顾逢时心里升起的陌生情愫，被他压抑在心底，肩上的重担时刻提醒着他生活的艰辛不易。

04. 他身边曾有过她

进入大学后的第一年，医学院在校内招人，提供的福利丰厚，不仅学杂费全免，每一年度的奖学金更是高出其他学院好几倍，条件十分诱人。他们向顾逢时抛出了橄榄枝。

他小时候天真，喜欢唱歌，就以为长大后能当个歌手。

如今面临着艰难的选择。

他有一个寒假的时间考虑，来年开学再给回复。

临近年关，学校的人都走光了，寒风一吹，在空荡的校园里长驱直入。顾逢时没有回家过年，他留在 C 市做一份家教的兼职。

林恙蓦然出现，是在除夕夜。

顾逢时委婉地谢绝了在学生家吃年夜饭的好意，独自坐公交车返回学校，落满积雪的人行道上，红绿灯转换，迎面走来一个人。

她戴着绛红色的毛线帽和围巾，裹着大棉袄，停在了顾逢时面前，眼睛笑得眯起来。

那一瞬间，顾逢时玄幻般地觉得，林恙或许擅长某项魔术。

比如——从天而降。

"你为什么会在 C 市？"

"父母来这边做生意，跟着一起过来的。"

"这么晚一个人出来晃荡？"

"家里大人在打麻将，乌烟瘴气的，出来透透气。"

这些解释都说得过去，没有哪里不对劲。可顾逢时又觉得，好像哪里都不对劲。

他左思右想，林恙已经从路边摊贩手里买了烟花。

"喂，你怎么突然走神了？"她身侧空着的右手抬起来，又垂下去，再抬起来，一脸破釜沉舟视死如归的表情。

最终，她一把扣住他的手指，拉着他在雪地上跑了起来。

风刮过脸庞，吹乱头发，套在靴子里的双脚因为温度太低感觉麻木和虚浮。手上传来的温热，有点儿不太真实，林恙仿佛听见在呼啸的风声中，心脏怦然的跳动声。

她一遍又一遍地祈祷着：不要拒绝我，不要拒绝我。

或许上帝听到了她的新年愿望，自始至终，他们穿越人海、穿越车流、穿越树影，从长干街一路跑到烟火台，顾逢时都没有挣开她的手。

他跟她一起放烟花，绚烂的火花在眼中跳跃，璀璨至极，看火光映红她的脸颊。

这一幕太过深刻，以至于后来顾逢时在纽约独自度过每一个新年，而不觉得孤独，是因为他身边曾有过她。

最后，林恙得寸进尺，跟着顾逢时去了他的出租屋。

两人泡着两桶方便面，林恙再用厨房仅剩的食材，做了几个小菜。顾逢时打开房东留下的那台古董电视机，两人赶上了春晚的尾声。

窗外的雪越下越大，林恙却想起有蝉鸣和雨声的夏天。那时的顾逢时还很冷漠，留给她的多半是背影，骑着单车渐渐驶远，单薄的衣服下突起弧度优美的肩胛骨。

而眼前的景象，不可思议。

她离他这样近。

她还想要更近一些，向顾逢时告白。可她藏着太多难以启齿的秘密，横亘在心间。

林恙不禁想，如果顾逢时知道真实的她是怎么样的，会不会立即厌恶地走开？

05. 她擅长从天而降，似乎还留了一招，叫凭空消失

"我有件事情，想跟你坦白。"

林恙终于在来年初春下定决心，和顾逢时约好下午四点半，在吉山公园见面。

这段时间新学期刚开始，顾逢时忙得不可开交，他正式接受了医学院的邀请。那个除夕夜里，他坐在破旧又简陋的房子里，看见对面的女孩儿被冻得微微发红的耳垂，心里涌现出一股比以

往任何时候都更加强烈的，想要改变贫穷命运的愿望。

成为歌手的路太过曲折和漫长，顾逢时第一次心生怯懦，想要选择一条捷径。

为了一个人。

新的导师临时召开会议，把这次新选拔的一批人聚在一起，语重心长地寄托厚望。接着是学校领导发言，备好了稿子，整整五页纸。

会议被拖得越来越长。

顾逢时一次又一次地低头看手表。

终于从阶梯教室里出来，飞快赶去吉山公园，已经四点一刻，还是迟到了。他左顾右盼，没有看见林恙的身影。

一开始，顾逢时觉得可能林恙也还没有赶过来，于是站在树下等她。半个小时、一个小时、两个小时过去，她依旧不见踪影。

顾逢时这才察觉到，或许，她已经走了。

不知道为什么，他心里升起一丝惶然，他觉得林恙再也不会出现了。

这样广袤的天地间，每天上演多少生离死别的故事，一如日升月落，永不止歇。顾逢时有一点儿茫然，面前人来人往，好像虚无的假象。斜对面的马路上响起刺耳的警笛声，才让他猛然回神，西边的太阳都要下山了。

顾逢时没有想到，这场没有道别的道别，正在悄然进行。他怅然若失地回到学校，从此再也没有见过林恙。

她擅长从天而降，似乎还留了一招，叫凭空消失。

顾逢时在 C 市等了林恙五个月。五个月后，医学院有了去美国的交换生名额，他被推荐，前去进修。

时日长久，那个藏在心上的名字慢慢被灰尘覆盖，那句喜欢也没能有机会说出口。

而他也无从得知，最后那天，林恙说要向他坦白的那件事，究竟是什么。

06. 每一次巧合背后，都是她锲而不舍地在努力

告别纪蔷，从宴城六中出来，顾逢时接到了助理的电话。

"顾医生，今天下午你还有个会诊，千万别忘记了。"

顾逢时大步往外走，百年不变的冷清口气中掺杂了点儿暴躁的情绪："推掉。"

"这样不太好吧？对方好像还是个比较有名的电影编剧，而且这位病人是李老先生特地交代过的，情况有点儿特殊。"

李老先生是医院德高望重的老前辈，顾逢时的恩师。他先前

接手了一个病人，替对方治疗腿疾，这段时间人在国外顾不上这边，便嘱咐了顾逢时替他过去就诊。

如今顾逢时却爽约了。

顾逢时好不容易从几个老师那里打听到林恙以前的家庭地址，马不停蹄地找了过去。

几年时间，巷弄翻新，已看不出原来的模样，但好在街坊邻里没有变，大多都在这里落了根，不会轻易搬走。顾逢时一说林恙的名字，旁边的大婶立即露出鄙夷的表情，开始絮絮叨叨起来。

林恙是在这条巷子里长大的，她没有爸爸，由妈妈一人抚养。她妈妈是个小偷，混道上的人物。神偷也有失手的时候，那次林妈妈偷到一个富商家，被逮住，让人砍掉了三根指头。事情闹得很大，林恙也受到了牵连，她被迫退了学。

算算时间，正好是高三那年。而顾逢时却一直以为，她是宴城一中的学生。其实他们早就见过，小学、初中、高中，林恙都和他在同一个学校，只是班级不同。

她像偷偷埋在土壤里的种子，努力生长，不知花了多少个日夜才在他面前发芽，才走到他面前，说出那句"嗨，好巧"。

顾逢时又去了一趟骷髅酒吧，果然和料想中的一样，酒吧老板和林恙也是旧相识。

　　"当初是小恙录了你唱歌的视频过来找我的，她一个劲儿地推荐你，我要是不去雇你来，她整天赖在我这里撒泼……"酒吧老板如此说道。

　　每一次巧合背后，都是她锲而不舍地在努力。

　　"你知道她当初为什么去 C 市吗？"

　　"那段时间她那个不要脸的爸找上门来了，林姐烦得不行，说要带着小恙远走高飞。小恙说她想去 C 市，后来林姐就顺了她的意。"

　　"请问……你还能联系上她们吗？"

　　"林姐死了，"老板是个粗人，说话直来直去，如同尖锐的刀子直插人的心窝，"小恙没了音信，也不知道是死是活。"

　　密不透风的窒息感汹涌而来，像午夜的潮水包裹住礁石，顾逢时站在酒吧的招牌下许久未动，雨早就停了，只剩下蝉声不断。

　　手机锲而不舍地振动起来，他家助理不肯轻易罢休，顾逢时终于神情麻木地按下了接听键。

　　"顾医生，您有时间还是过来一趟吧，求您了！失约的名声传出去可不好听……"

　　"把地址发给我。"顾逢时打断助理的劝说，他已经冷静下来，不复方才的冲动，只是声音里带着灰烬般的疲惫。

顾逢时按照地址找过去，进入了私人别墅区。小路两旁种满了花树，被雨洗过后，愈见繁盛和葱郁。

按响门铃之后，过了两三分钟，里面才传来动静。

顾逢时听到一阵木轮碾过地板的声音，门被缓慢地打开了。

屋里的冷气开得很足，即便是初夏，她的膝盖上依旧搭着条琥珀色的毯子，因为坐着轮椅，仰起头才能看清来人的样貌。

她瞳孔一缩，顾逢时已经哑然出声："林恙？"

07."因为爱情。"

吉山公园，下午四点见。

这句话时时刻刻印在林恙脑海里，不能忘记，当年她确实是赴约了，准备把自己的身世告诉顾逢时。但才赶到公园门口，就接到了妈妈的电话，叫她回家。

林恙的父母其实是青梅竹马，却走上了不同的路。

林爸爸是个文化人，早年去了外地打拼出点儿成绩，被灯红酒绿迷了心窍，不想再回来。而林妈妈继承了祖上的衣钵，小摸小偷，以此过生活。

后来林爸爸良心发现，想起林恙，回到宴城想要把林恙接走，林恙却来到了当时顾逢时所在的 C 市。

从小到大，林恙也被迫学过许多生存的技能，但她没有偷过东西。妈妈心情好时会给她买各种衣服，她如同负罪，只有在去见顾逢时的时候，会从中挑出一两件。

到了 C 市之后，林妈妈不肯满足现状，冒险干了一票大的。她窃取了一块价值连城的玉石，转手卖掉，获得了一笔巨款。但眼见着事情即将败露，她慌张地叫林恙回家，想把那笔钱交给林恙。

警察的行动比预计中的快，林妈妈火速出逃，从楼梯间摔下楼身亡。躲在柜子里吓得六神无主的林恙也一并被带到了警局。

那一天，顾逢时听到一阵警笛声，她就坐在那辆警车上。

他们曾经无数次擦肩而过。

那桩盗窃案关联重大，牵连也颇多，调查花了很长时间，林恙一直被关在监狱里。

她透过一方小小的铁窗，望不到外面的世界。后来由于狱警疏忽，她被其他少年犯欺负，被生生打断了腿骨，又因没有及时治疗，落下了一生的病根。

几个月后被无罪释放，她那个功成名就的爸爸来接她出狱，她已经被折磨得说不出一句完整的话。

日子就这么一天天地熬过来。

如今故人重逢，心里有千言万语，汇成了一句再冷淡不过的
提议——

"换个医生过来吧。"她语气疏离，好像当年的顾逢时。

这些年，她冷清寡言，几乎把自己活成了另一个他。

顾逢时置若罔闻，好似没听见，替她煎药、热敷膝盖、按摩小腿，
一个人忙碌起来。

"我要换个医生。"这次，林恙语气坚决，不再是和他商量
的意思。

顾逢时温热的指腹在她微凉的皮肤上揉捏，眼神中有看不透
的微光，寥若星辰。

"我想留在你身边。"

"因为愧疚？"

"因为爱情。"

08. "甜不甜？"

顾逢时回到纽约办理离职手续，第二天就飞回了宴城，在此
定居，恐怕还要在此终老。他和林恙成了邻居。

梅雨季节，林恙腿疼，终日窝在书房的沙发上看剧本写稿。
顾逢时俨然成了她的私人医生，调理的中药按时按点煎好端过来。

他抽走她手上的书，想要多了解一点儿她的过去，装作漫不经心问："为什么选择这一行？"

"我爸是干这行的，他直接教我，就像抄了近路。还因为……"

还因为，当初以为顾逢时会走歌手的路。她如果成为金牌编剧，同在娱乐圈，必定和他少不了交集。

只是她写了几年剧本，收获了一些奖项，却没等来那个熟悉的名字。

茫茫人海，她和顾逢时之于彼此，同样是杳无音信，下落不明。

林恙看着黑色的药汁发愁，话也说不下去了。顾逢时不打算放过她，穷追不舍地问："还因为什么？"

一个去核的枣子塞过来，林恙嚼了嚼。

"甜不甜？"他问。

"甜。"

"把药喝了。"

林恙毫无办法，尊听医嘱，苦大仇深地把药汁一口一口地咽下去。

"苦不苦？"

林恙刚想说苦，又一个枣子塞过来。

"现在是苦，还是甜？"

林恙感觉嘴巴里味道奇怪，中药味混着水果的清香，诚实地说："有苦有甜。"

话音刚落，面前落下一片阴影，他的吻像细密轻柔的雨丝一样侵袭而来，清冽如山泉。他们的身体毫无缝隙地拥抱在一起，林羞闻到淡淡的消毒水的气味，干净而温和。

耳朵里好像又听到了蝉鸣，和若有若无的淅淅沥沥的雨声，它们交缠在一起，恍如记忆中的夏天。也曾离散，还有不甘，最后还是回到彼此身边。

"甜不甜？"良久之后，他再问她。

"甜。"

"现在重新回到第一个问题，还因为什么？"

"因为你。"

来时
雪覆青桉

＼

每一次走向你，我都怀抱着孤注一掷九死不悔的
决心，哪怕跨越千山万水，三寒地冻，大雪漫过
眉间。

01. 你看我胸膛百孔千疮，不在乎你再多捅一刀

乔青桉单脚站着，身体的重心倚在一根摇摇欲坠的竹竿上。

视线尽头是辽阔的江面，两艘商船缓缓驶离码头。她漫不经
心地把玩着计时器，心里默念："三，二，一。"

"轰！"

一声巨大的爆破炸响，水面上的船只顷刻间覆灭，化为乌有，
熊熊燃烧的红色蘑菇云映亮了冬末阴郁的黄昏。

任务完成，乔青桉一瘸一拐地开始撤离现场。

码头上尖叫四起，惊张逃窜的人帮助她成功地隐藏住了身份，

混乱中，没有谁会注意到她鲜血淋漓的右腿。

警车的鸣笛声一阵阵响起。

乔青桉神色一黯，悄然走进了旁边一栋废弃的建筑大楼中，借着稀疏的天光，找到一处隐蔽的角落，终于支撑不住地坐在废墟上。

裤兜里的手机不合时宜地、欢快地振动起来。

"喂……"

"是我，我没事，腿中了一枪。"

"带过去的九个人都挂了……但袁门帮的损失更大，两艘船的货已经毁了，这样算来，还是我们赢了。"

乔青桉向那头的人汇报着大致的情况，附近突然传来不小的动静，巡逻的警犬在不停地狂叫，有窸窸窣窣的脚步声隐约传来。

乔青桉掐断通话，强制关了机。她动作迅速地把裤腿撕裂，让伤口暴露出来。她从身上摸出一把小巧锋利的瑞士军刀，深吸了一口气。

刀尖对准伤口插下去，在模糊的血肉中，有技巧性地剜出一颗子弹。

因为痛感，生理性泪水止不住地往下流，连同汗水一起浸湿了她整张脸。

乔青桉躺倒在地上．双手颤抖地抱住小腿，努力平复呼吸。

这时候，不可思议的事情发生了。

如果有旁人在，一定不敢相信此时眼前看见的一切，乔青桉的伤口，正在以肉眼可见的速度愈合。

警犬的叫声越来越清晰，距离越来越近。上楼梯，走过拐角，穿过两扇门，绕过一排水泥石柱，然后——

一束强光朝着乔青桉打过来。

她敏捷地抬手挡住脸，从地上一跃而起，在警察的厉声呵斥中像猫一样蹿上窗台，眼也不眨地从二楼往下跳。轻巧地落地之后，她黑色的背影一闪而逝．消失在渐渐苍茫灰蒙的暮色之中。

一刻钟前，乔青桉还是个瘸子。

一刻钟后，她已经安然无恙。

至少，身体上安然无恙，找不出外在的伤口。

她不记得从什么时候开始，自己变成了这样一个怪物，哪怕被划破再深的口子，她也能快速地痊愈，顶多留下一条淡色的疤痕。

她曾经以为这是件天赐的好事，就好像拥有了金刚不坏之身，却没想到，也招致了无穷的祸端和劫难。

比如，唐既之。

任凭乔青桉如何自我催眠，她心里还是有道不可抑制的声音，在一遍又一遍地叫嚣着这三个字。以至于她现在本应该滚回自己的出租屋里蒙头大睡一觉，却在路边拦下一辆出租车，向司机报出了一个熟稔到脱口而出的地址。

"临海街安然里 19 号。"

从南到北，几乎绕了大半座城市。

乔青桉下车时，天已经完全黑了，凛冽的寒风中掺杂着雨丝，迎面扑来。安然里小区的年轻门卫显然还认识乔青桉，友善地朝她笑了笑，便直接放行了。

轻车熟路地找到唐既之楼下，发现窗户口是黑的，不见一丝光线。他还没有回来，估计又是在生物研究所加班。

乔青桉摸摸口袋，发现自己竟然随身带了钥匙。她像以往很多次一样，打开门进去。玄关处的鞋架第一层，照旧摆着两双舒适的棉布拖鞋。

一大一小。一双粉蓝，一双粉红。

乔青桉拿下其中那双粉红色的换上，不长不短，刚刚好，十分合脚。

屋内的摆设和她离开时一模一样，几乎没有任何变动。茶几上的生物模型、墙角的兰花、搭在沙发上的线毯，还有墙壁上悬挂的相框。

相片中的唐既之站在一树繁花下，一只手轻轻拢着乔青桉的肩膀，笑容温婉，比照耀在他脸上的那一束春光还要惑人。

乔青桉说："骗子……"

突然，门从外面被打开了。

唐既之放下雨伞，抬头看见乔青桉，也是一愣，随后就平静地笑了，问道："今天怎么有空过来？"

半年没有见面，乔青桉仍旧会被他这种云淡风轻的态度轻而易举地刺痛，心口骤然一抽。她很多次也想学学唐既之，洒脱的、不羁的，似乎什么也不曾放置于心上。

可是她模仿不出他的笑。

明明不甘示弱，想要向他宣战，告诉他自己过得很好，没有他，她也能过得很好，可脸皮僵硬地扯动着，只是徒劳。

"青桉，喝水吗？"唐既之从茶柜的木抽屉里拿出两只马克杯。

"你就这样当作什么也没发生过一样吗？"一道冷寂的声音问他。

唐既之动作一顿。

"被揭穿以后，真的还能这么心安理得地生活下去？"时日长久，几乎快要腐烂在喉咙里的话，终于在这晚问出来。

"那你要我怎么办呢？"唐既之的语气充满无可奈何，似乎带着丝不可察觉的纵容，听上去却分外薄凉，"难道……非得要我自刎谢罪，给你赔礼道歉吗？"

玩笑般的话，冷酷异常。

"青桉，我养你七年，一共抽你四十七袋血，喂过你两次新型抗生素，给你注射过一次药物。你现在还好好地站在我面前，身体没有出现任何异变，这说明我罪过不大，是不是？"

乔青桉气得浑身瑟瑟发抖，脚步移动，军刀瞬间抵在了唐既之的脖子上。

她性子冷沉，这会儿情绪却完全不受控制，胸口剧烈起伏。稍微用力，锋利的刀刃划破手下颈脖白皙的皮肤。

立即见红，渗出一串细小的血珠。

"要杀我吗？"唐既之微笑地望着她，镇定自如，仿佛早已料定她不敢。

乔青桉确实不敢。

面前的这个人，即便恨得咬牙切齿，恨不得杀了他，她还是绝望而无法自拔地喜欢着他。

彻底的自我厌恶情绪从心底滋生，乔青桉猝然收回军刀，出乎意料地反手朝自己腹部径直捅去，丝毫不留情。

"你不是想要我的血做研究吗？都给你好了……"

乔青桉花费七年浩荡的时光来暗恋一个人，而她暗恋的这个人算计了她七年，从头到尾、彻彻底底，都是在利用他。

所有无微不至的照顾、嘘寒问暖的关心，只因为她是个伤口能够快速愈合的怪物。

乔青桉想结束这一切，不管用何种方法。

她今天体力耗尽，淋过雨之后一直高烧，昏睡过去之前，仿佛看见唐既之脸上完美的表情终于开始一点点地瓦解，流露出担忧的神色。

但怎么可能呢？

大概是她眼花了。

02. 我信你从天而降，不疑背后有深渊

乔青桉遇见唐既之那一年，人生遭逢一场不大不小的灾难。

收养她的第十三个家庭出现纠纷，上演了出惊天动地的暴力事件。她的第十三任养父和养母，各持一把菜刀，在家里耍杂技似的飞来飞去。门外和窗户口站满了邻居和围观的路人，纷纷举起带着摄像头的手机，对准他们，指指点点地议论着。

乔青桉缩在餐桌下面，不知所措、提心吊胆，嘴里默念着溪

淮的名字。

"溪淮，溪淮，救我……"

那时候的乔青桉只有溪淮一个朋友，连可以依靠的亲人也不曾存在过，她仿佛紧抓着最后一根救命稻草，盼望她能够给她一丝慰藉。

只是溪淮没有出现，乔青桉等来了一个全然陌生的少年。

他有世上最温和无辜的笑容，得上帝青睐的眉眼。

他在餐桌前蹲下来，还是要比她高出许多，脑袋凑近了，澄澈乌黑的眼睛中映见的是一个伶俜单薄的影子，小小的她。

"你叫什么名字？"

"乔……青桉。"

"躲在里面不难受吗？"温柔的、带着蛊惑的声音，"跟我走怎么样？"

乔青桉的呼吸忽然变得小心翼翼起来，因为太过紧张，心脏猛烈地撞击着胸腔，好像下一秒就要跳出来。

"我爸妈会去办理领养手续，你什么也不用担心……"像突然抛出一块美味的馅饼到一个饥肠辘辘的人面前。

"第十四家……"乔青桉的声音太小，细若蚊蚋，几乎叫人听不见。

"什么？"

"收养我的……第十四家人。"

唐既之试探性地伸出一只手，掌心向上，摊开在她面前，低声说："我保证，不会再有第十五家，青桉。"

溪淮，我可以相信他吗?

虽然还在怀疑着、犹豫着、不安着，贪恋温暖的身体却快于思维做出决定——乔青桉看着面前来路不明的少年，弧度很小地点了一下头。

唐家父母接到唐既之的电话后，赶来的速度很快。很和蔼的一对中年夫妻，眼角默契地布着几条细纹，这让乔青桉感到亲切。而接下来的一切，也出乎意料地顺利，乔青桉脱离先前每天鸡飞狗跳的环境。

突然有了亲人，有了真心接纳她的地方。

一夜之间，美梦成真，她想要的都已经摆在她眼前。

那时候的乔青桉或许还相信童话和小王子，从来不去想唐既之的从天而降有多么不可思议，她以为相遇是刚刚好，今生就这样开始。一味地沉溺着，置身命运翻涌的云霭之中快乐得忘乎所以，却忘记，大雾背后有深渊。

回家的路上无聊，汽车平稳地在高速公路上行驶，唐既之坐在乔青桉的旁边，翻了两下杂志之后，见她仍正襟危坐，禁不住逗她："叫哥哥……"

乔青桉抿着嘴。

"怎么这么不配合？你不害怕我会不喜欢你吗？"唐既之再接再厉，索性扔了手头的书，一心一意地想要跟她过不去，"青桉，你以后可是要跟着我混的。"

乔青桉沉浸于那句"你不害怕我会不喜欢你"的威胁中，面上僵硬，心中波澜，狂跳不止，完全没有留意到那句"以后跟我混"的含义。

但很快她就知道了。

唐家父母是狂热的摄影爱好者，每天东奔西跑，忙着四处拍东西，有时候一起出去十天半个月不会回来。家中的大小事宜，全靠唐既之打点，俨然他才是这个家的一家之主。

乔青桉，也归他管。

尽管他也才二十出头，却已经自如地站在料理台前用温火煲汤。他熟练地把剩下的半截儿胡萝卜雕成含苞待放的玫瑰，似突然心血来潮，回过头，笑问她："明天周一，跟我去学校报到怎么样？"

乔青桉就读的中学和唐既之工作的研究院只隔了一条街，他来找她，极其方便。每天中午，他总是穿过马路和两排古樟，赶在学校下课铃响的前一分钟，站到教室门口的走廊上等她。

"学校食堂多难吃啊，领你出去下馆子不好吗？"

乔青桉皱眉，他就用这种话来搪塞。

怎么会不好呢。她去过一次食堂，拥挤、嘈杂，排队要等很久，只不过——

"这样你不会很麻烦吗？"

唐既之拨弄着瓷盘里的蔬菜，玩笑似的安慰她："没关系，反正我很闲的。"

乔青桉对唐既之的工作不太了解，仅仅知道他在生物研究方面天赋异禀，很长一段时间在美国留学，年轻有为，后被研究院高薪聘请回来，专攻基因重组方向。他很少向她提起工作方面的任何事情，平日里专注于吃喝玩乐，似乎真如他所说，他只是闲人一个。

"在新学校适应得怎么样？"尽职尽责的哥哥，连吃饭也不忘关注打听情况。

乔青桉点头。

"有没有交到新朋友？"

她摇头。

"看来那群人真没眼光。"唐既之摇头感叹,往她碗里扔过来两片烤肉和一大勺橙黄的玉米粒。

乔青桉愣怔,这种时候,不应该责备她要和同学好好相处吗?

"今天我下班早,你下午翘两节课吧。"唐既之再次语出惊人,打断她脑子里各种乱七八糟的想法,"之前不是说还没看过海吗,正好这次我陪你去啊……"

用一贯若无其事的态度,怂恿她,他唇边晕开有些放肆和张扬的笑。

"哦……好。"

那个明媚的下午,他果然带她去看海,不厌其烦地陪她赤脚在沙滩上走长长的一段路。海风吹乱她额前细软的头发,而他突然扼腕,好像犯了大错:"啊,忘记领你去理发店了,头发都遮眼睛了!"

乔青桉却无声地笑起来,眸光闪烁。

她很少有这样开怀的时候,唐既之看着一怔。身后泼墨似的山峦和前方辽阔苍茫的海面遥相呼应,他和她仿佛就站在水天一色之间。

自那以后,唐既之常带乔青桉去海边。他陪她看夕阳沉入水底,看海鸥翱翔天际。他陪她逃课，也陪她在台灯下复习。周末带她去看最新的电影，深夜陪她等更新的电视剧。怕她在学校受人欺负，陪她去上武术课，教她防身的技能，给她当靶子练。给她点蜡烛过十六岁的生日，还有十七岁、十八岁、十九岁……

他一直都在。

青春动荡匆忙，他却是她的一整个青春。

乔青桉以为，这样的日子会持续下去，她在寄给溪淮的信上倾诉衷肠，透露一个小女生应有的情态。

她说，溪淮，我现在过得很快乐。

日绕山头，雨落大地，清风拂四季，她身边有唐既之，仿佛一生的快乐与幸运都被送至眼前。

直到"林尧"这个名字渐渐出现在她和唐既之的生活中，打破了一切。

03. 他是灵魂深处的阴翳，是原罪

乔青桉第一次知道林尧的存在，是因为唐既之压在书里的半张报纸。她不小心翻到那篇报道，一眼扫过，上面提到一位天才生物学家——林尧。

乔青桉好奇，她见是唐既之的同行，不自觉就多留了一份心。

还想要再仔细看,唐既之从背后突然出现,一言不发地把书本合上,眉眼间凝滞的肃穆和冷峻,她之前从未见过。

乔青桉立即像做错事的孩子般紧张起来,下意识地跟他道歉:"对……对不起……"

"以后不要随便乱翻我的东西。"唐既之拿起书,走出书房前叮嘱她。

乔青桉躲回房间,怀着万分忐忑的心情,在网页上搜索林尧。显示的结果寥寥,没有多少信息含量,神秘和天才,是外界给他贴上的两大标签。据说他狂热而近乎癫狂地热爱着他的生物研究,专门潜在实验室中万年不出门,头顶长满了虱子,满脸络腮胡。

乔青桉撑着头在电脑面前,想的却是,不知道林尧和唐既之谁比较厉害,为什么唐既之好像特别在意林尧这个人呢?

"不是说今天晚上社团有活动吗,再不出门就来不及了。"唐既之去而复返,来敲青桉的房门。

这次再出现,他的言辞中已经恢复了以往的轻快和散漫,终于驱散了乔青桉心底的不安。

"要我开车送你去学校吗?"

"不用了,反正坐公交车很方便。"

"今晚回家住吗?"

"活动可能要搞很久，多半回不来就住在宿舍了。"

"有事打我电话。"唐既之替她理了理耳畔细碎的头发，自然中透着亲呢，"晚上要注意安全，不要单独走，最好结个伴。"

乔青桉就读的大学在本市。

高中毕业之后，她毫不犹疑地选择了离家不远的学校，从未想过要离开这里，去别的城市。唐既之当初不知是否看透她的小心思，总之一切由她，时光飞逝，而她只期盼留着这个人身边的时间能长一点儿，再长一点儿。

英语社团中的活动比想象中还要无聊，一群人围着篝火唱歌吃西瓜，全程唯一的看点是两个主持人，来自于大洋彼岸，金发碧眼、身材颀长的一对双胞胎帅哥，普通话说得字正腔圆，风趣又幽默。

但乔青桉还是觉得索然无味。

不到九点，她悄悄地从人堆里撤退。

独自在学院里晃了会儿，她还是决定回家，特地绕远路去日食轩买了一份唐既之偏爱的薏仁粥。

打开家门，屋内一片漆黑，瞳孔中不见一丝光亮。

乔青桉以为唐既之不在家，随后却发现他的鞋子还规规矩矩地摆在原处，和她出门时一样。

"既之……"

当初由于那声哥哥始终叫不出口，她就和养父母一样，直接叫他的名。可她还是别扭，平日里很少用这个称呼，每次叫他，都下意识地避开称谓。现在她联想到唐既之下午的反常，害怕他是因为生病了，身体不舒服。情急之下，她也顾不得那么多。

喊了几声毫无反应之后，乔青桉鲁莽地冲进他的卧室去找人。按亮灯盏，床上的被子叠得整齐，还是不见人影。紧挨着墙壁的楠木书橱，却离奇地往两边分开了，露出一扇隐藏的窄门，门缝中泄露出一丝微光。

乔青桉脚步放轻，不由自主地走过去，如同打开潘多拉魔盒般推开那扇门，被所见的景象惊呆，屏住呼吸。

眼前居然是一个实验室，摆满了各类大小仪器，唐既之一身白大褂，面上戴着医用口罩，严严实实地遮住脸庞，只露出一双专注的眼睛，微微摇晃着手里的试管。听见响动，他朝乔青桉的方向望过来。

乔青桉被看得一怔。

陌生的、危险的、透着一丝戾气的眼神，让她攥紧的手心慢慢渗出了汗。她的直觉提醒着她，面前的这个唐既之跟以往不一样。

"怎么这么早回来了？"唐既之率先打破僵局。

乔青桉一板一眼地回答："不好玩，就提前回来了。"

"嗯，那就早点儿回房休息吧。"

"好。"

"等一下！"在乔青桉走出实验室之前，唐既之出声叫住她，视线在她的身上久久徘徊，从头到脚地打量，"青桉，我现在急需300ml血液做研究，你能帮我吗？"

即便有许多疑问，但唐既之提出要求的时候，乔青桉永远不懂拒绝。她郑重地点头，看着针管扎进自己的手臂，暗红的液体缓缓流入透明的血袋中。

唐既之眼中跳跃着狂热而兴奋的光，藏在口罩下的笑容邪肆而夸张，带着阴谋得逞后的快意。倘若此刻乔青桉抬头，就会再次感到唐既之散发出的陌生感，从而产生怀疑。

但她没有。

她甚至没有心思多问一句关于这个神秘的实验室，她从心底害怕，有的秘密会破土而出，长成荆棘，轻易刺伤她。

人都会本能地回避。

第二天清晨，乔青桉因为昨晚失血的缘故，精神疲惫，还在沉睡。唐既之在实验室中醒来，看见眼前殷红的血袋，记忆渐渐清晰，他一拳砸在厚重的玻璃桌面上。

"林尧你这个浑蛋！"

他知道，事情已经开始偏离原先的轨道，失控了。

唐既之找乔青桉抽血的情况，逐渐变得频繁起来。从半年多一次，变成两个月一次，再缩短周期，甚至一个月一次，一个星期一次……

她每次看着他祈求和包含着无限期待的目光，想要摇头的动作到最后总会变成轻轻地点头。后来即便第二天醒来发现自己手臂上莫名出现的针孔，都已经见怪不怪。

因为他是唐既之，乔青桉视之为生命的唐既之。

她想，他为她平白付出多年，她为他献血而已，又有什么不可以呢？

甘之如饴，陷入感情旋涡中的人，约莫都是如此。

只是唐既之对她的态度，却变得越发奇怪，难以捉摸。乔青桉察觉到，很多时候，他似乎在逃避她。

"我是不是做错了什么？"再沉默寡言，还是逮住机会问了出来。她低着头，自责而慌乱，固执地捏着唐既之的衣角不肯再放开。

淡淡的叹息从头顶上方传来，唐既之的声音听起来满是倦意："青桜，下次如果我叫你过去输血，你可以拒绝我。"

"为什么？"她越发紧张起来。

唐既之无言以对，沉默半晌，才温和地问她："你难道不会觉得疼吗？"

她看出他的内疚，仰头挤出丁点儿笑，望着他的眼睛，一字一句地说："一点儿都不疼啊……"

她的伤口能够很快愈合，只是针头扎进血管时会有不适的感觉，偶尔会头晕目眩，但都在可承受的范围内，忍过那一阵就好。

"可不可以向我保证，下次一定会拒绝我？"他问。

乔青桜不明所以，迷茫而无助。

唐既之轻柔而强硬地掰开她紧扣的五指，把她抛弃在夏日蝉鸣的树荫下："不要绝对地信赖我，青桜，我比你想象中的要肮脏。"

低沉的嗓音被风吹散，她有种强烈的窒息感，比血液从身体中一点点流失，还要可怕千百倍。

溪淮，他是不是不要我了？

04. 在一切无法挽回之前，把她狠狠推开

乔青桜自幼在孤儿院中长大，过早地看见人世的诸多不堪。

成长至今，却发现，现实比她料想中的更加不堪。

变故发现在那个空气沉闷的夏夜。

乔青桉因为经期身体不舒服的缘故在房间蒙头大睡，而家中所有人都以为她去参加学校的大四毕业生晚会了。唐家父母旅游回来，和唐既之在书房中大肆争吵，玻璃花瓶摔碎的声音把乔青桉吵醒。

她穿着唐既之亲自去商场替她挑选的米白色睡衣，站在门外，一墙之隔，听着里面不堪入耳的秘密。

"唐既之，你不能再这样下去了，你这样会毁了青桉的！"

"当初我和你妈妈就不应该同意你把青桉放在身边，你收养她的目的根本不纯，要是她以后知道了，一定会恨你的！"

唐家父母的声音充满愤怒，唐既之却淡淡含笑："那又怎么样呢？我并不欠她什么啊，一切都是她心甘情愿的。她命贱，愿意抽血给我做研究，我有什么理由不接受？

"当初知道绿光孤儿院有个女孩儿的身体有异于常人，伤口能够快速愈合，我可是花费了好大一番工夫才找到她的。如果我不把她带走，要是被其他专家知道这个消息，她会被直接送上解剖台也说不定。

"这样说来，她应该庆幸是我先发现她才对。

"至少这七年，我并没有亏待她。"

溪淮，我曾经感激命运让我遇见他，未想到命运的底色如此灰暗。

乔青桉轻轻拧开门锁，里面的一家三口因为她的突然出现而个个目瞪口呆。她望着唐既之，用力呼吸，空气中的氧气仿佛变得稀薄。她嘴唇咬破了，声音还是打着战："谢谢你们这几年来的照顾……"

鞠躬的时候，她的背脊之上如有万钧之力，无法承受，眼泪麻木地砸下来。

乔青桉离开唐家之后，彻底地消失在唐既之的生活中，如同滴水入海，从此杳然无踪，再没有半点儿音信。

唐家父母问唐既之："不后悔吗？"

他笑容勉强："只有让她亲耳听见这一切，她才会远远地躲开我，林尧才没有机会再伤害她。"

"不担心她一个人如何生活吗？"

"呵……"唐既之冷笑，"她又不是小孩子，况且都已经大学毕业了，应该能够自己照顾好自己的。"

"不想她吗？"

唐既之无奈地揉了揉太阳穴："爸、妈，你们今天是故意来找碴儿的吗？"

父母赶在他发火之前识趣地撤离房间，空气沉寂下来，晚风翻乱书页，雨水打湿窗台上快要枯萎的海棠，他坐在冰凉的地板上，面对墙壁，难得地发起呆来。

不想她吗？

如何能够不想她，分明是连做梦都会梦见的人。

那她呢？夜深人静，忽梦年少事，是否唯梦闲人不梦君。

唯梦闲人，不梦君。

连梦中，也恐怕会对他避之不及吧。

而唐既之却无论如何也料想不到，乔青桉离开之后，在机缘巧合之下救了苑帮的女帮主，随即加入黑帮组织。

仗着体质特殊而肆无忌惮地挥霍生命，乔青桉从一个沉默寡言的普通女生，变成行走在暗夜中的苑帮二堂主，仅仅只花了数月时间。

世人怕死，她却生不如死，所以无论是训练，还是冲锋陷阵，她永远都走在最前头。每逢危急关头，她总能独当一面，老练得像是一个从小被培养起来的杀手。

本以为自己能够一直忍耐不去找唐既之，防线却还是在这一晚坍塌，小腿中枪受佐之后，仍然跨越大半座城市，想要见他一面。

这种深入骨髓不得解脱的思念，让乔青桉感到绝望。

她听过最深情至死的一句话，出自于李安导演的一部电影——

I wish I knew how to quit you.

我希望我能知道如何戒掉你。

溪淮，我该如何戒掉他？

05. 我将以何贺你，以沉默，以眼泪

醒来之后，乔青桉发现自己回到了以前住的房间，慢慢回想起昨晚丢人的行径，大声质问唐既之的话还回荡在耳边。

果然昨天是烧糊涂了，才会跑到他面前丢人现眼。

敲门声响，唐既之端着粥进来，如同什么也没有发生过一般自然。他坐到床头，把温热的瓷碗交到她手上："头还晕吗？待会儿再量一次体温，看看烧退了没有。"

乔青桉点头。

两人静坐，相安无事，昨晚剑拔弩张、针锋相对的紧张气氛已经消散。难得的相处时光，乔青桉不想再搞砸，沉默地喝粥，却食不知味。

"离开唐家以后，这半年过得好吗？"唐既之突然问她，有点儿没话找话的嫌疑。

再三思量之下，乔青桉说出肯定的答案："还不错。"

之后又是冷场，尴尬的气氛，直到楼下客厅中传来一道清亮的女声："既之，唐既之，你在家吗？"

乔青桉还未来得及有任何猜测，唐既之就已经站起身往外走，淡淡地说："好像是我女朋友来了……"

唐既之的现任女友，李初蓉。

肤白貌美，栗色的大波浪卷发如丝绸一般垂坠在身后，娇艳的唇色，看着人说话总会不自觉地带着笑，这一点和唐既之很像。

两人并排站着，乔青桉不得不承认，十分般配。

心里隐晦的希望被轻易碾碎，心里沉而钝的痛感将她凌迟。她草草抹了嘴去洗漱，看见镜子里自己苍白沉寂的面庞，蓦然觉得很灰心。

唐既之喜欢的，确实应该是鲜活生动的面庞，足以和他比肩的女子。

乔青桉鼓起勇气下楼，在李初蓉面前仍旧有种挫败感，仿佛抬不起头来，听见唐既之介绍她身份时，有一瞬间的犹豫："初蓉，这是……我妹妹，乔青桉。"

　　心里有道讽刺的声音在叫嚣，让她不禁出声反驳："不是妹妹，我和唐家已经解除领养关系了，所以现在只是陌生人而已。"

　　她再次把气氛搅乱，变成僵局。

　　李初蓉站在唐既之身边，依旧笑着，却讪讪地不说话了。

　　外面的雨淅淅沥沥，没有见停。乔青桉走出唐家时，唐既之拿着一把伞追了出去，在雨中拦住她，把伞柄塞进她手心。

　　他说："青桉，以后不要再来找我了。"

　　乔青桉明显身体一震，答应说："好。"

　　"不要想着联系我。"

　　"好。"

　　"也不要恨我，不如忘记我，我们之间已经两清，应该过各自的生活。"

　　雨水顺着她消瘦的脸颊淌下，像眼泪，寒意渗透到心里，她几乎找不回自己的声音，机械地对他点头。

　　"好。"

　　你要的，我都给你。

　　你说的，我全答应。

　　谁叫你是独一无二曾予我温情的唐既之，谁叫我是深陷泥潭无法自拔的乔青桉。

撑着黑伞的清瘦伶仃的背影在雨中模糊成一片，越走越远，终于变成一个光点完全消失视线当中，唐既之站在窗台前，很久收不回目光。

"既然舍不得，干吗还要做得这么绝？"李初蓉打趣他，点燃一支香烟凑到红唇之间，呼出白色烟圈，"你把你家小姑娘伤得狠了，小心她以后不会再要你这个老男人……"

唐既之皱眉，嫌弃地望着她："滚出去抽。"

"喂，我好歹是你的主治医师，给我客气点儿！"李初蓉悠然自得，"不要忘了，消灭林尧主要还得靠我。"

说起正事，两人都认真起来。

李初蓉问："林尧有多久没出来了？"

唐既之估算了一下时间说："十七天。"

"有进步，看来这次的药物抑制还是管用的。"李初蓉弹了弹烟灰，做了一个拿刀自刎的动作，"只是要彻底消灭这家伙，恐怕没还那么容易。"

"如果加大药物的剂量呢？"

"我不敢轻易让你尝试，倘若一旦反弹，激起林尧的怒火，我们都不敢保证他会做出什么疯狂的事情来。正如你想干掉他一样，他也在千方百计地想要杀死你。"

"我知道……"天空阴沉，乌云沉甸甸地压在头顶。水雾升腾，将眼前的城市浸泡在森冷的冬季里，让人格外怀念起春天的暖阳。

连李初蓉这样的女人也望着外边的景象忽生感慨："这鬼天气，到底什么时候才能消停啊……"

06. 每一次走向你，都在大雪中迷途

如果一个星期前，你喜欢的人决绝地告诉你不要再联系他。

一个星期后，这个人却主动约你见面，你要怎么办？

乔青桉看着手机上唐既之发来的短信，愣了许久，想要打过去询问，却终究不敢再主动迈出一步。

信息的内容很简单，简明扼要地交代了时间和地点。

"下午三点，日食轩 303 包厢，过来找我。"

乔青桉神游天外了半个钟头，再看时间，离三点只剩下不到四十分钟。她拿起墙角的黑伞，还是决定赴约。

唐既之今天穿的是一件黑色的皮质外套，头发竖起，和之前的穿着打扮不太一样。

乔青桉打开包厢门，第一眼看见他就隐隐觉得怪异，之前那种危险的感觉没有征兆地猝然蹿上心头，让她微妙地紧张起来。

"看来你很准时啊。"唐既之对她踩点到达的行为意味不明

地评价了一句，扬起浮夸的笑容，"怎么，是不是已经不想再看见我了？多看我一秒都觉得很难受？"

乔青桉压下心底的情绪："没有。"

"没有就好，不然我可是会很伤心的。"

依旧让人感觉到奇怪的语调，连脸上的微笑也透露出陌生的信号。乔青桉想不通，明明是同样的外貌，却仿佛这具躯体后的灵魂已经换成了另外一个人。

可他分明就是唐既之啊。

菜陆陆续续上齐之后，唐既之替乔青桉夹菜盛汤，一样也没落下。

两人之间仿佛又回到了最开始的那段时光，乔青桉刚被唐家领养，初到陌生的环境，处处束手束脚，幸好唐既之在旁边，像教新生儿似的照顾她。

乔青桉想起记忆中的点点滴滴，戒心和疑惑逐渐瓦解，专心地喝起了瓦罐汤。

察觉到头晕时，为时已晚，唐既之的脸庞仿佛在分裂，多重叠影在她眼前虚晃，伸出手却怎么也抓不住。

"青桉，好好睡一觉。"

熟悉而陌生的声音，如同催眠曲一般席卷了她所有的意识。

两个小时之后，乔青桉被冷水浇醒，已经是在一间完全陌生的实验室。她发现自己四肢不能动弹，被牢牢绑在一张单人床上。

唐既之一手握着喷壶，一手夹着烟卷，正望着她，眼中的笑容让人不寒而栗。

"你到底是谁？"一阵徒劳的挣扎之后，乔青桉很快冷静下来，语气无比笃定，"你绝对不会是唐既之。"

"我叫林尧，唐既之的第二重人格。"他得意地自我介绍，"但很快，世上就不会再有唐既之了，我会代替他更好地生存下去！"

乔青桉想起曾经在网络搜索出的关于林尧的信息词条——狂热的生物专家。她心底升起越来越强烈的不安。

林尧还在向她倾诉："这些年，唐既之仗着我的天赋人生得意，自己却毫无建树，放着你这么好的一个研究材料在身边，却不好好利用，简直是在暴殄天物。他舍不得对你下手，我可不会！"

林尧衔着烟嘴，开始去另一边着手准备接下来需要的各种器材。乔青桉一边不动声色地把捆绑在双脚之间的布条在铁床的边缘摩擦，一边分解他的注意力，跟他闲聊起来："你说你要杀死唐既之，但你们本来就是一体的，怎么可能呢？"

林尧对这个话题很感兴趣，接话道："方法其实很简单，我要是将你活生生解剖了，等他醒来后看见，一定会崩溃的对吧？

属于他的意志力越薄弱，我成功占据这具身体的机会就越大。我将永远压制他，把他关进地狱里，永不见天日。"

林尧走过来，凑到乔青桉耳边询问："需要我给你打麻醉针吗？这样你应该会好过一点儿。"他恶劣地打量着她，想要从她脸上看到类似于惊恐和求饶的神色，却失望了。

烟吸到一半，扔进床边的垃圾桶了，林尧迫不及待地想要开始接下来的工作，也可称之为一场游戏。

他要将唐既之最在意的人，彻底毁掉，给予唐既之致命一击。

大小不一的解剖刀在眼前亮相，林尧挑选了其中最细长的一把："这把切下去最深，你猜，是你的愈合速度快，还是我下手的速度更快？"

就在这时，乔青桉奋力一挣，双脚猛地踢翻了桌台上的一个透明的玻璃瓶，高浓度的酒精倾倒，被闪着星火的烟头一点即燃，火焰忽地蹿高，跃向窗帘和装满试剂的储物柜。

不过两秒钟，情况已经发生突变。

这实验室中有太多易燃易爆物品，大火转瞬之间就已经包围住整个房间。林尧已经自身难保，仓皇地逃命。

乔青桉在浓烟当中继续磨掉布条，却越来越力不从心，力气渐渐从身体中抽离。

她快要妥协放弃的时候，却发现有人冲了进来，他咬开捆绑在她身体各处的束缚。

"青桉，对不起……"

温和熟悉的嗓音传到她耳中，她费力地睁开眼睛，如有预感般地叹息："你回来了啊，唐既之……"

"不要睡，我会带你出去……"尽管有让她安心的声音源源不断地注入耳中，却还是抵不住沉重的疲乏和窒息感，陷入黑暗之中。

溪淮，若有神存在，是否能代我向神请愿，保佑他平安。

如果生命走到最后一刻，我想我还是无法忘记他。

后来听人提及那天的大火，夸张一点儿的，说是烧红了半边天。好在那处位置偏僻，附近都是废弃的建筑楼，无人居住，没有酿成大祸。

李初蓉率人把实验室中的一对苦命鸳鸯救出来时，一个已经陷入休克的状态，另一个苦苦撑着一口气。

双双被推进手术室之前，唐既之不知哪里来的毅力，还能够和李初蓉清醒地交流："你不是说在生命垂危的关键时期，是彻底扼杀第二重人格的最佳时机吗？趁这次，对我进行彻底的治疗，不要让林尧再出现了。"

李初蓉大声反对："你疯了是不是？如果失败了，你自己也很可能会永远醒不过来，变成植物人！"

唐既之依然冷静地做出决定："我已经不想再经历一次今天的痛苦——林尧不除，青桉一世动荡，而我一生难安。"

李初蓉气急败坏，在医院的长廊上走来走去。

"如果你变成植物人了，青桉怎么办？"

"那你就告诉她，唐既之死了，让她好好地过生活。"

"你、你真狠……"

视线尽头，长廊窗外的月季已悉数枯萎，枝头灰败而空荡，死寂地伫立在潮湿阴冷的空气中。这一年的冬天，格外漫长，始终还没熬过去。

青桉，我会努力活下来。

07. 长日尽处，我来到你的面前

唐既之第一次见到乔青桉，并非是在她十六岁那年鸡飞狗跳的第十三任养父母家，而是更早，在绿光孤儿院。

只是他俩，一个藏得极深，一个悄然未发现对方的存在。

那一年夏末，唐既之跟随学校去孤儿院献爱心，偶然间听其他孩子提起"最讨厌的人"，发现"乔青桉"这个名字呼声最高，摘得"桂冠"。

比如乔青桉不合群、乔青桉架子大、乔青桉不团结友爱、乔青桉不和大家一起玩游戏、乔青桉行为举止很奇怪经常对空气说话。

此类恶行，数不胜数。

唐既之对她有了初步的印象。

真正记住她，是因为恰好撞见她一个人自说自话。果真如其他孩子所说，瘦瘦弱弱的女孩儿独自坐在木栏上，微微仰起头对着面前的桂花树抱怨说，溪淮，今天中午的鸡蛋汤好咸啊……

之后再有几次过来这边，机缘巧合下，唐既之也总能撞见她。

溪淮……

溪淮……

老是听见她在这样说。

不禁让唐既之越来越好奇，那个溪淮，究竟是怎样的存在，能够让这个性格孤僻的小孩儿念念不忘。后来他却在孤儿院院长保存的档案袋里，发现了真相：乔青桉在老家襄南时，还未改名，就叫乔溪淮。

溪淮不是别人，而是乔青桉自己。

那时候，唐既之的第二重人格已经出现过两次了。身体中林尧的存在，让他一度陷入恐慌当中，他对双重人格乃至多重人格已经进行过深入了解。

乔青桉的情况，引起了唐既之的注意。

他甚至亲自跑了一趟襄南，从乔青桉往日的邻居口中打听到许多事情：曾经的溪淮开朗活泼、性格讨喜，很受大家的欢迎。后来因为家中发生变故，父母双亡，几番颠簸之后，她被远房亲戚送去了外省的孤儿院。

在乔青桉的潜意识里，曾经的溪淮家庭团圆、生活幸福，是她最想要留住的状态。溪淮脱离她的记忆，在她心中衍变成另外一个独立的人存在着，依旧快乐无忧地生活在襄南。

也成了她唯一的朋友，可倾诉的对象。

唐既之弄清楚了真相，明白她这种情况只是创伤性应激障碍的表现之一，并非是和自己一样的双重人格。起初以为找到了同病相怜的人，隐隐藏在心中一点儿窃喜，慢慢被消磨殆尽。

随后因为忙着准备出国，唐既之也不再频繁地跑去孤儿院，他对乔青桉的那点儿同情和怜惜，也压在了心底。

他甚至来不及和她说上一句话，还没正儿八经地迎面相逢，相互介绍，他已经踏上异国的土地，开始漫长的留学生涯。

后来回国，偶然遇见，他站在人群外看见躲在桌下的青桉，心上的弦被狠狠地触动。没有过多的考虑，就决定让父母领养她。

唐既之早在当初去襄南调查之后就隐约知道，这个女孩儿体质特殊，身上有异于常人的地方。但他领她回家，并非想要利用她，而是曾经心中被挖掉的某个窟窿，隔世经年，仿佛这一刻终于被补上。

只是后来林尧的频频出现，让唐既之察觉到事情已经开始偏离正常的轨道。

每当第二重人格出现，林尧霸占身体，他就会向乔青桉提出献血的要求。为了研究，林尧甚至偷偷给她注射药物，唐既之无可奈何，也束手无策。

乔青桉从来不会拒绝他的要求，而他又该如何向她解释林尧的存在？

于是不得不自导自演，逼迫她离开，让她厌恶他，真正远离他，也远离林尧。

割舍，比他想象的更艰难。

唐既之这人，智商极高，而感情算不上丰富。草草算下来，这些年的怜惜、爱护、担忧，以及喜怒哀乐、七情六欲，竟全交付给了乔青桉一人。

他有一次感冒，躺在床上休息，有人轻吻他的脸颊，微凉的唇印在嘴角。他忍住笑意，不敢睁开眼睛，怕吓坏他的小姑娘。

他装睡，听她在床头背诵情诗，和风送来沉醉的花香。

长日尽处，

我来到你的面前，

你将看见我伤疤，

你将知晓我曾受伤，

也曾痊愈。

我知晓你曾受伤，想护你痊愈。

而我爱你，岁月永恒，天地希声。

08. 我等你归来，共度余生

乔青桉出院以后，脱离了苑帮，在梧桐街的长巷里开了一家花店，每天努力打理，日子也还过得下去。

她去找过李初蓉几次，却没能打听到唐既之的下落。那个妖冶漂亮的女人习惯于跟她打太极，含糊其辞地安慰她："等他完全好了，自然会来找你，别急嘛……"

乔青桉在经历过情绪剧烈的起伏之后，终于逐渐趋于平静。

在日复一日的等待中，她变得极具耐心，每天经营花后，闲暇时去街角的酒吧坐一坐。虽然依旧沉默的时候居多，但在偶然间也结识了几位新朋友：在附近中学念高二的小黑、旁边书店的光头章、喜欢携女朋友一起来买花的计阳、四海为家的背包客陈二两。

她的生活逐渐充实，而仅有的那一丁点儿寂寞和失落全部来源于一个人。有时靠在花架前，她忽然就发起呆来。

归期不定的人，她却一直在等。

春去秋来，时间过得比料想中还要快，今年冬天来得格外早。梧桐街落了满地梧桐叶，乔青桉傍晚关门的时间一天比一天提前，她窝进被窝当中，闲散地翻着书，不知不觉间窗外有大雪飞落。

又是一日，她才出花店，准备将门上锁，身后传来调笑："老板，你是怎么做生意的？每天偷懒，赚的钱够你日常花销吗？"

她的目光依旧凝滞在铁锁上，良久，不敢回头。

唯有透明敞亮的玻璃门上淡淡映出身后的人影，修长、挺拔，高出她一个头。再细看，见他嘴角有弧度，万分熟悉的笑容，穿越风雪，终抵达她温热的眼眶。

"青桉，我回来了。"

（注：文中关于双重人格和创伤后应激障碍的表现以及描写，多半为作者脑补，无科学根据。）

小情歌

＼

你是我藏在心里的少年，刻在心上的名字，追逐
一生的执念，和不能言说的秘密。

01. 我知道你的秘密

连绿盘腿坐在树荫下，吸着清凉的橘子汽水，专注地望着操场那边刺眼的一幕，眼睛终于微微眯了起来。

在一堆绿油油的军训服中，穿着白衣、面容俊美的少年推着轮椅走过，足够惹人注目。更何况轮椅上坐着的是一个同样面貌出众、笑容甜美又张扬的女生。

这样的组合，确实让人眼红。

连绿看着少年不紧不慢地推着轮椅一直走出视线之外，手中的汽水瓶已经见底。

旁边的伙伴推了推她的肩膀，暧昧地问："哎，绿绿，你说谢临和姚温雨到底是什么关系呀？虽然他们俩没公开，但我们觉得，已经很明显了……"

很明显的——恋人关系。

附南大学军训第一天，连绿如意料之中地见到了谢临。但她没有想到，他出场的方式如此特别。连绿有种珍藏了多年的宝贝被人抢走了的感觉，就像家中那座曾经失窃的雀屏镀金珐琅钟。

谢临和姚温雨成了大一新生热议的对象。

姚温雨在入学前左腿骨折，行动不便，坐上了轮椅逃开军训一劫。而和她关系不明的谢临始终在照顾她，站在她身后形影不离。

谢临推姚温雨去食堂、谢临抱姚温雨上楼、谢临背姚温雨去教室自习，谢临，谢临，谢临……

连绿的脑子，被这个名字满满占据，快要炸了。

真正的爆发，是在一个夕阳落山的黄昏，连绿向谢临的领域踏出了第一步。

教官吹响口哨宣布解散后，乌泱泱的一草坪人四面八方地散去。转眼间，偌大的地方就清静下来。

连绿有点儿中暑，一个人落在后面。她走了两步头晕，路过空无一人的篮球场时，索性坐下来休息，摘下帽子扇着热风。

她仰躺在被太阳晒得滚烫的木长椅上，睁眼就是绚烂的晚霞，天空漂亮得像一幅油画。

说笑声和轮椅碾过沙砾的声音由远及近地传来，停在了旁边相邻的球场上。

连绿坐起来，透过青绿色的网状栅栏，看见了谢临的身影，以及一旁的姚温雨。

暮色黄昏中，少年被夕阳拉长了影子，他手中的篮球砸在地面，一下一下，传到耳郭里，激起了悠长的回音。

连绿好一阵恍惚，直到谢临进球，姚温雨发出叫好声，才让她如梦初醒。

连绿朝他们走过去时，姚温雨和谢临正在讨论他们今天晚上准备去吃什么。

"阿临，西街今天有家火锅店开张，应该还不错，我们待会儿过去吧？"

"这样的天气吃火锅，你确定吗？"谢临像是在怀疑姚温雨的智商，但语气中有显而易见的亲昵。

直到连绿走到两人面前，他们才有所察觉，从二人世界中抽离，把目光放在连绿身上。

"同学，你有什么事吗？"

客套的、疏离的，这是谢临对待陌生人的态度。

"你好，我是和你同级的大一新生，数学系的连绿。"她简单又郑重其事地向他介绍了一下自己，不禁紧张地咽了下口水。仰头看着谢临，脸上还是死撑出来的一片镇定。

最后，她装作无比淡定地从口袋里掏出一张字条，光明正大地递了过去，塞到谢临手上之后，就潇洒地转身走了。

尽管，这个看似潇洒的动作她事先练习过百来次，才练出了点儿潇洒的意味。

谢临望着女孩儿的背影消失在走道尽头，消失在百年老校葱郁掩映的树荫后，良久才收回目光。

姚温雨玩味地打趣他："哟，这次的追求者挺特别的啊！"

谢临打开手中的字条，上面只写了一句话——

我知道你的秘密。

02. 你以后每周周日下午的时间，空出来给我

连绿知道谢临一个天大的秘密。

因为她连续跟踪过他一个星期。在众人纷纷猜测谢临和姚温雨是不是情侣关系的时候，只有连绿知道，谢临是被姚温雨"包养"了。

她一度不想承认，不想把"包养"这个词和她爱慕的人捆绑

在一起，但是眼见为实，她无法欺骗自己。

比连绿预计的时间还要久一点儿，谢临来数学系找她是在军训结束之后。

他等在走廊外，书包单肩背在背上，一只手漫不经心地插在黑色的裤子口袋里。溅到手臂上的大颗雨滴，顺着他白皙的皮肤的肌理，蜿蜒地向下滑落。

连绿就坐在靠窗的位置上，视线无比清晰开阔。

夏季的暴雨哗啦啦地下着，谢临就站在白色的雨幕前。

世界如同回到寒武纪，一切都是寂静无声的，她的眼中只有他。

讲台上的教授一宣布下课，连绿就像离弦的箭一样冲出教室，迫不及待地出现在谢临面前。

"那个，你跟我来……"

他们穿过走廊，找到一个僻静的杂物间，反锁上门，隔绝了外面的嘈杂和喧嚣。

"说吧，你那天递的字条是什么意思？"谢临似乎不打算跟她打哑谜，也没有很好的耐心，"你知道我什么秘密？"

连绿手心出了一层薄汗，两人站得太近，因为身高的差距，让她有一种压迫感。

"说话啊！"

谢临突然低头凑近，连绿心里一颤，猝不及防地后退一步，抵上了墙壁。谢临居高临下地一手撑住墙壁，彻底堵死了她的退路。

连绿认命地闭上眼睛，视死如归地说："我知道你被姚温雨'包养'了！"

谢临一怔。

连绿等了半晌，见他突然没有反应了，忐忑地睁开眼睛，发现他正目光沉沉地望着自己，她顿时又变得提心吊胆起来。

谢临终于松开她，泛着凉意的手背意外地擦过她的脸，惹得她一阵战栗。

"你是怎么发现的？"谢临问。

"第一回是偶然，我看见你和姚温雨早上从同一个房子里走出来，当时特别惊讶，我就开始……"连绿觉得羞愧，她跟踪的事情并不光彩，如今要当着谢临的面坦陈，更加底气不足，"就开始更加留心注意你们……"

而事实上，她几经周折打听清楚了，那房子是姚家的。为了方便姚温雨上学，她父母特地在附近购置了一套房。

"你住在姚温雨的房子里，而且……"连绿又停顿了一下，似乎在考虑如何措辞，'而且我还看见姚温雨拿钱给你，你们一起逛商场、买衣服、进出餐馆和酒店……"

说到最后，连绿已经完全低着头。

明明此刻应该感到惭愧和难堪的人不是她，而是谢临。

雨势又大了一点儿，雨水斜着敲打在覆盖着厚厚一层灰的玻璃窗上，不那么明亮的天光照耀着眼前这个小小的杂物间；飞舞的尘埃把他们包围。

"你想怎么办？"

谢临似乎默认了连绿的所有说法。

"啊？"

"你给我递字条，跟我说这些，目的是什么？你想要我怎么做？"

连绿这才听出来，原来谢临以为自己要威胁他。

那么，既然都被他误会了，为什么不抓住这个机会呢？

连绿下定决心，鼓起勇气说："我要你以后每周周日下午的时间，空出来给我。"她不敢去看谢临的眼神，害怕看见他流露出厌恶的神色。

过了两三秒，辨别不出情绪的回答从头顶传来："好。"

连绿和谢临之间的协议正式达成。

03. 楼主，你和谢临什么关系

雨一直到傍晚才停，连绿从宿舍收拾好东西，准备回家一趟。

从学校北门搭 707 路公交车，第二十二站时会经过姚温雨和谢临现在住的房子，第二十五站附近是连绿的家。

父母都不在家，连绿草草给自己煮了碗面，回到房间上网。无意中打开学校的贴吧，她发现里面吵得正激烈。

而被热议的对象，是谢临。

自从新生入校之后，谢临风头太盛，他和姚温雨在军训时的一组照片被人偷拍放到了贴吧里。

在众多女生惊艳于他的外表和神秘感的同时，还有不同的声音在挑衅："姚温雨腿受伤，不参加军训情有可原，但谢临凭什么？"

在有心人的引导之后，质疑谢临的声音越来越多。

楼层越盖越高，事情发展至白热化，各种讨论和猜想也越来越难听。

潇潇雨下：谢临应该是有背景的富二代吧？不然怎么可能堂而皇之地逃过军训？

WE1980：顶神秘的一个人啊，除了姚温雨，我看没人能接近他吧。

我是哆啦A梦：他怎么进南大的？不会也是靠关系吧？翻白眼……

大满贯：我看多半是。他上课基本不听的，就坐在后排睡觉。

末日2017：那他混进来干吗，还占班上一个座位！

我爱李白：楼上是不是太过分了，人家谢临也是交了学费的，怎么就不能占座位了？

……

连绿滑动鼠标，一点点地往下浏览底下的每条评论，手边的面条已经稠了。她是知道谢临没有参加军训的真正原因的。

因为身体的缘故，谢临他，根本不能参加任何高强度的训练。

这些人又凭什么对他妄加猜测和污蔑呢？

两分钟后，连绿决定反击。

她开始建楼，率先张贴出来的就是计算机系的高考成绩一览表，谢临是以全校第一名的成绩进入南大的；然后是剪报，上面收集的都是谢临曾经参加各项比赛获得的荣誉；最后是谢临各种奖杯的照片……

每一样，都昭示着那个青年无比优秀，让那些攻击他的流言渐渐消退。

代号 007 问连绿：楼主和谢临是什么关系呢？怎么会知道得这么清楚？

连绿一个字一个字地敲出回复，给所有人下最后一剂猛药：我是他哥哥，大家都是成年人了，如果继续污蔑我们家阿临的话，我会立即联系贴吧管理员和南大校方，并且追究法律责任。

这话一出，基本堵住了所有人的嘴巴。

连绿满意地笑了，端起干成一团的面条，吃得格外香。

台灯散发出冷清的光，谢临望着屏幕上的话若有所思。

哥哥？

他怎么不知道自己还有个这样的哥哥。

手指飞快地在键盘上操作，谢临迅速地查找到了对方的 IP 地址，看位置，竟然离这里不远。

"咚咚咚！"

姚温雨敲门进来，把牛奶被放到谢临手边。他略带嫌弃地看了一眼，眼神抗议，似乎不太情愿。

"一定要喝啊，不然怎么长高？"姚温雨故意一副哄小孩子的语气，拍拍他的肩膀，"你看看你现在一米八七的身高，可都是我当年好不容易才养出来的。"

谢临为了防止她再啰唆，端起杯子咕噜咕噜地把温热的牛奶灌下去。

"这才像话嘛！对了，"姚温雨敲敲自己的腿，"我明天要去医院复查，你呢？"

"上完第三节课陪你去。"谢临的视线还停留在电脑上，"你在自己教室等我。"

"行，我知道了，我先回房间了，你也早点儿睡哦。"姚温雨顺带帮他把杯子带出去，关门前又探进头来，"阿临，晚安。"

"晚安。"

"那晚安吻呢？"

谢临一脸嫌弃地望向姚温雨。

04. 你不是说要"包养"我吗

连绿和谢临达成协议后的第一个周日很快来临。

谢临按照连绿发给他的地址，来到了一个环境清幽的小区前。连绿早就到了，一个人坐在大树底下等他。

她今天穿着一条薄荷绿的裙子，细软的长发披在肩上，百无聊赖地捡着树枝在地上画简笔画，三五笔，地上就出现了一只栩栩如生的小熊。

"喂，你叫我来这里干什么？"谢临环视了一圈周围的环境，"在这地方约会？"

连绿扔了树枝，抿干净手，耳朵却悄悄红起来，嘴硬道："谁说我要跟你约会的！"

"难道不是？"谢临一脸似笑非笑地看着她。

连绿慌张地与他错开视线，往小区里走。高出她整整一个头的男生跟在她身后，不远不近的距离，用有些散漫的声音锲而不舍地追问她："喂，你是喜欢我吧？"

连绿回头瞪了他一眼。

她从来没有见过这样有点儿无赖的谢临，一时招架不了，只能加快脚步，裙角被风吹得轻轻飘起来。少年忽快忽慢的步伐，踩着她投下的影子。

谢临万万没想到，连绿带着自己按响了小区里一户人家的门铃，现在站在他面前的是一个戴着厚厚眼镜的男孩儿。

连绿替他们做了介绍。

"谢临，这是袁袁，现在读初三。他化学不是很好，你一个理科高材生辅导他应该没有问题吧？"

原来，以前连绿每周周末给这个叫袁袁的男孩儿补习英语。而现在，她把谢临介绍给了袁袁，替谢临招揽了一份家教的工作。

袁家父母对连绿介绍的人似乎很放心，很快就谈妥了价钱，一百五十块钱一个小时。

谢临趁人不注意，把连绿拉到了阳台的角落里。

"你什么意思？"他离她太近，凛冽的视线似乎想要看穿她，掌心滚烫的温度贴合在她的手腕上。

连绿闻到一阵刺柏的清香。

她低下头："我们不是说好了吗，你周日的下午都归我的。"所以，就应该由她安排才对啊。

两人僵持了一会儿，谢临终于妥协，报复似的伸手揉了揉连绿的发顶："算了，就听你的吧……"

一起从袁家出来时，已经到了下午六点。两个小时化学，两个小时英语，一共赚了六百。

连绿纠结很久，怕伤及男生的自尊心，但有些话她又必须说清楚，走着走着，还是停下了脚步。

谢临问她："怎么了？"

连绿从包旦掏出自己刚得的补习费，交到谢临手上。她无意识地咬了一下嘴唇，说："以后我们每个星期都来做家教，我赚的，都给你。这样你一个星期也就有一笔收入了，那么，你能不能……"

接下来的话，连绿说不下去了。

那么，谢临，你能不能离开姚温雨，独立地生活，不要再被她"包养"。

　　她沉默着不再开口，谢临却已经猜透了她的意思，揶揄道："你现在这样给我钱，跟姚温雨又有什么区别？"

　　"姚温雨可以，我为什么不可以！"连绿涨红了脸。

　　"你说什么？"谢临起初还以为自己听错了。

　　连绿倔强地抬起头，直视他的眼睛，一字一顿地说："我说——我、也、可、以、养、你。"

　　谢临紧绷的脸上忍不住笑了出来："你疯了吗？"

　　"我是认真的！"连绿无比认真，且执着。她迫切地想让谢临看清她的决心，却毫无办法，脑门儿上冒出了细细的汗珠。

　　谢临把她的神情都看在眼里，叹了口气，突然说："我饿了。"

　　"啊？"

　　"你不是说要'包养'我吗？总得管饭吧？走了……"

05. 他是刻在她心底的名字，无法忘却的执念

　　连绿要管谢临饭，鬼使神差地把他带回了自己家。

　　"你随便坐，我去厨房看看有什么吃的。"连绿给谢临倒了一杯水，后知后觉地尴尬起来，打开冰箱拿出食材，让自己忙碌起来。

　　谢临独自在屋里打量，视线被搁置在书架上的雀屏镀金珐琅钟所吸引。那是一座心型的古钟，年久失修，时针已经停了。奇

怪的是，孔雀展开的雀屏上，有三十二个凹下去的小洞。

如果谢临没有记错的话，那里原本镶嵌着三十二颗毫无杂质的蓝宝石，用来点缀雀屏。

这座珐琅钟曾经价值连城。蓝宝石的缺失，让它失去了夺目的光华。

连绿端着两盘意面出来，脚步一滞，她看见谢临趴在沙发上。他枕着自己的一条手臂在浅睡，露出半边线条流畅又优美的脸，那是介于少年和青年之间的青涩与美好，属于她的无法言说的心动。

她之前对他说，我知道你的秘密。

可他却不知道她的秘密，她喜欢他，已经很多很多年。

连绿放轻脚步走过去，好像害怕惊扰到他。

她在谢临面前蹲下，呼吸都小心翼翼起来，目光近乎虔诚地望着他，一根一根细数着他长长的睫毛。她心跳得飞快，好像要从胸腔里蹦出来。

她不禁想，如果这时候她偷偷吻他一下，他会不会察觉到。可她不敢。最后，她还是开口，打算叫醒他："谢临，起来吃东西了……谢临……"

他却没有给她任何的反应。

连绿这才发觉不对劲，伸手探了探谢临的额头，滚烫的温度。她顿时脸色惨白，立即拨打 120，随后跑去自己房间的抽屉里翻出几瓶药。

她佯装镇定，似乎正在有条不紊地应对这次危机，可药瓶还是三番五次地从手中脱落。

倒出药片的时候，撒了一大把在地上。

她没有十足的把握，但还是双手颤抖地给谢临灌进了两颗红色的胶囊。做完所有能做的一切，她紧紧抱着谢临等待救护车的到来，整个人一直在瑟瑟发抖，害怕地呢喃着他的名字："谢临，谢临，谢临……"

她还没有告诉他自己的秘密，她喜欢他，很喜欢，很喜欢。

好像喜欢了一辈子那样久。

她第一次见到他的场面，是极其混乱的。

那一年，雀屏镀金珐琅钟上的三十二颗蓝宝石还没有丢失。

连绿家的传家宝，就是祖辈传下来的那座雀屏珐琅钟，华美漂亮、光彩夺目，岁月也无法使它蒙尘，只是传到这一代，时针已经走不动了。

连绿的爷爷一直想要找到一位顶级的钟表修复大师，让这座钟重新活起来。

连绿读初二时，她爷爷终于找到了理想中的值得信赖的人，准备把珐琅钟送云给对方修复。连绿凑热闹，也一同跟着去了那位大师家里。

变故发生在顷刻之间。

大人们在外间认真商量钟表修复的事，有偷盗者潜进房中想要带走珐琅钟，被连绿发现了。她抢先一步抱着钟往外跑，边跑边呼救，但才跑到院里就被逮住。

偷盗者大概嫌她过于碍事，十分愤恨，又急于带走珐琅钟，只想尽快解决她这个麻烦，手里亮出的刀子直接往她身上捅。

连绿灵活地避开了第一下，但很快就无力招架，在她以为刀子就要残忍地划进她眼睛的时候，旁边突然冲出来一个男生撞开了她。

搏斗中，连绿看见那把刀捅进了男生心脏附近的位置，骇人的鲜血迅速染红了他的衣服。那一幕，就像是不断循环的噩梦，后来不断地出现在她的梦中。

珐琅钟最后还是被夺走了，警察把它找回来时，雀屏上的三十二颗蓝宝石已经丢失，可能永远也无法再找回。

而连绿死里逃生后，开始在这座城市疯狂地寻找一个男孩儿。

直到有一天，她在一篇报道上重新看到了他的身影。

"荣大附中学生谢临荣获国际奥数一等奖……"

原来他叫谢临，是荣大附中的学生。

连绿通过各种渠道，收集有关于谢临的一切信息。

她知道他那次受伤之后，心脏出了一些问题，别人艳羡他不用参加军训时，只有她那样心疼，只有她明白他不能参加军训的真正原因。甚至她房间的抽屉里备着他常用的药，明知毫无意义，却偏执地这样做了。

她知道他有多优秀。他取得的奖项、获得的荣誉，她如数家珍。所以贴吧风波出现的时候，她能够拿出那么多的证据盖楼，坚定地维护他。

她还知道他的喜好、他的小习惯。他的志向是全国数一数二的附南大学，所以她努力学习，向他靠拢，无数个深夜在题海中沉浮，只为了能和他在同一个校园中迎面相逢。

他或许早已经不记得她了，可他却是刻在她心底的名字，是她无法忘却的执念。

在他不知道的时候，她已追随他很多年。

06. 关于你喜欢我这件事，我并没有感到困扰

谢临在医院醒过来时，发现雪白的被子上趴着个人，乌黑的

发顶，还有兔子似的红眼睛。

他说："别哭了……"

连绿的眼泪却止不住，惯性地往下掉落，啪嗒啪嗒，砸碎在被子上，把被子都染湿了一小片。

谢临想，她怎么会有这么多的眼泪？

他忍不住坐起来，伸出手，温暖的指腹擦了擦她浸湿的脸，声音也软下来："好了，别哭了，我已经没事了。"

连绿红肿着一双眼睛望着他。

谢临安慰她，转移她的注意力："我刚刚听见医生夸你了，说你及时把我送进了医院，还给我喂了药，处理得很好……"

"你是怎么做到的？"谢临观察连绿脸上有趣的纠结的表情，想看她如何反应，"你怎么知道我病发时应该吃那个药？"

连绿闷声不吭，消极抵抗。

谢临却不打算轻易放过她，追问道："怎么不说话？"嘴角已经带上了戏谑的笑，可惜连绿紧张得不敢看他，发现不了。

谢临看着这姑娘手心里快要捏烂的白床单，终于准备放她一马，主动问道："你是那时的那个女孩儿吗？"

连绿一愣，几乎一秒钟反应过来他话里的意思，迟疑地问："你认出我来了？"

谢临点头。

"什么时候的事？"连绿猜测地问，"是因为在我家看见了那座珐琅钟吗？"

"还要早一点儿。"谢临坦然地说，"我之前查过你电脑的IP地址，去你家的时候差不多就猜到了你的身份。"

原来如此。

连绿心里悬起的一块石头落了地，这一刻，她的心情却复杂得难以形容，不知道该用怎么样的表情去面对谢临。

既然一切都已经开诚布公，她又还有什么好忸怩，那些藏在心里的话，伴着窗外树梢上知了的叫声，向他倾诉出来。

她说："听起来或许会让你觉得很二，甚至有点儿滑稽可笑，但我确实，从一开始就是想要来守护你的。我想要保护你，不管是跟踪，还是默默地关注你的一切、收集你的东西，我都没有恶意……"

她的头低得不能再低："如果我做的这些让你感到困扰，我很抱歉，对不起。"

"还有，当年的事，谢谢你。"

"我并没有感到困扰。"

谢临的话，像这个夏天里最美妙的一首小情歌般钻进连绿的耳朵里，带着心动和甜蜜的气息。他说："我并没有感到困扰，我很高兴，连绿。"

他很高兴——她喜欢他。

连绿惊讶地抬头，怔怔地望着他，仿佛不敢置信。她的眼神实在无辜，眸子里还盛满了未干的水迹，谢临心里的那根弦啪地断了，这一刻他想吻一吻面前的这个女孩儿。

轻柔的吻落在她颤抖的湿漉的眼睛上，和唇边。

突然推开的门杀风景地打断了这个亲吻，姚温雨提着保温桶一脸惊诧地站在门口，以十分无辜的语气说："呀，不好意思，我好像打扰到你们了。"

连绿眼中的亮光迅速暗淡下去，悸动的心口忽而一阵紧闷。谢临知道她又误会了，拖长了语调叫姚温雨："姐……"

姚温雨被他暗含威胁的眼神看得头皮发麻，识趣地放下保温桶，举手投降："我就是来送个鸡汤啊，你们继续，你们继续……"说完还体贴替两人关上了病房的门。

"她是你姐姐？"连绿还处于巨大的震惊之中。

"堂姐。你不是很了解我吗？"谢临调侃道，"怎么会不知道？"

其实连绿不知道姚温雨的存在也情有可原，谢临这位堂姐不久前空降回国，神秘得很。谢临小时候和姚温雨一起生活过几年，那时都是姚温雨在照顾他。如今两人恰巧又就读同一所大学，姚温雨便重新挑起了照顾弟弟的重担，两个人一起生活，才有了连绿所看到的一切。

遮挡在心上的阴翳全部退散，连绿觉得自己好像在突然之间拥有了全世界。她快乐到得意忘形，钩着谢临的脖子，在他脸颊上亲了一下。

"我好喜欢你啊……"

我好喜欢你啊。

你是我藏在心里的人，刻在心上的名字，追逐一生的执念，和不能言说的秘密。

这些年我所有的寻觅、期盼、眷恋和隐秘的心事，在拥抱和亲吻你之后，终于着靠。

风过时海

＼

这一年，常椿风听到的最后的声音，是纪时海对她说，我要走了，椿风。

01. 火红色针织帽女孩儿

雪后初晴，清浅的阳光映在玻璃上，有些晃眼。纪时海坐在教室后排靠窗的位置上，漫不经心地转着手上的一支笔，视线落在楼下白雪覆盖的操场上。

那是隔壁班的几个熟面孔，拿着扫帚在打扫卫生，常椿风也在里面。

她今天照样没穿校服，长发披散，戴着一顶火红色的针织毛线帽，混在一堆蘑菇头的女生里面，太显眼，想不注意到都难。

没一会儿，她就扔了扫帚，从冬衣宽大的口袋里拿出一个骰蛊和四颗骰子，招呼来几个男生，坐在升旗台前的石阶上，开始公然押注，输家要代替赢家打扫半年的校园卫生。

细长白皙的手指，按在骰蛊上，频率很快地摇晃起来，动作一气呵成，流畅又漂亮。

"纪时海同学，请你站起来读一遍老师正在讲解的这段文言文。"面容严肃的女老师不满于他一直走神，终于对他发难了。

前面的女生悄悄转过头，善意提醒："课本第一百二十五页，最后三句。"

纪时海按照提示翻开书，读出声来：

"其后二年，余久卧病无聊，乃使人复葺南阁子，其制稍异于前。然自后余多在外，不常居。庭有枇杷树，吾妻死之年所手植也，今已亭亭如盖矣。"

"很好，接下来请你翻译一下。"女老师说。

纪时海没有迟疑，他的翻译很标准，和参考书上几乎一样。

"又过两年，我久病在床，没有精神寄托。让人再次修缮南阁子，格局跟过去稍有不同……"

教室里响起了掌声。

女老师说："既然纪时海同学文言文功底这么扎实，不如让他从头再把全文讲解一遍好了，正好让我休息一下。"

纪时海笑："老师，我上课走神，不认真听讲，现在自愿去操场罚跑五圈，求您放过。"

班上同学纷纷大笑。女老师也被他的语气逗乐了，心里那点儿火气消散，语气也轻缓了许多："去吧，跑完再进来上课，下次再走神就加十圈。"

纪时海点头。

俊朗挺拔的少年站在座位上粲然一笑，冬日有暖阳，温暖又明亮的光线落在他左边脸颊浅浅的酒窝上，绚烂迷人眼。

纪时海从教学楼出来，刚到操场上，常椿风略带嚣张的笑声就已经传过来："哈哈哈，一柱擎天！"

在她手下，四颗骰子俨然垒叠成一条直线。

这本来是在电视里才会出现的生动场景，她一个高三生竟然办到了，哪能不得意。纪时海微不可察地笑了笑，这丫头辛辛苦苦练了半年，总算没白费工夫。

02. 她就是故意的

常椿风花半年时间练就一招绝技，杀遍校园无敌手，接下来半年不用扫地倒垃圾，都让输给她的人承包了。

她觉得很划算。

她悠闲地坐在操场旁的台阶上晃着腿，无所事事，顺便指挥一下在替她做苦力的男生："喂，这边还有个塑料袋没捡！"

纪时海第三次从她面前跑过。

常椿风对着阳光眯起了眼睛。附近的女生窃窃私语，小声讨论着纪时海的名字，语气里有种青涩的欣赏和喜欢。

常椿风打了个大大的哈欠，呵出一团白雾，没了兴趣，百无聊赖地准备回教室。

跑道内圈的草坪上放着一件校服外套，衣襟上还别着纪时海的校徽，是他跑圈之前脱下来扔在地上的。常椿风从那里过，没有绕开，慢条斯理地从衣服上一步一步地踩过去。

她脚下的校徽，"咔嚓"一声，好像坏了。

纪时海跑完圈回来，似乎并不意外，捡起衣服拍了两下，摘下裂了缝的校徽，直接抬手一扔，投进了不远处的垃圾桶里。

有几个旁观了全过程的同学跑过来告状："时海，是常椿风做的，她刚刚故意……"

纪时海靠在水龙头下，用冰冷的水洗了一把脸，抬起头，笑着打断："谢了啊。"

下课铃声响彻校园，放学时间到。

纪时海去教室收拾了一下书包，班上只剩下他前桌的那个女生值日，在擦黑板。他个子高，顺手帮人把上层的窗户给关了。

"纪时海，你和隔壁班的常椿风……认识吗？"出教室前，拿着黑板刷的女生问他。

纪时海双手插在口袋里，点了点头："认识。"

因为是星期五的缘故，回家的路上车流分外拥挤。纪时海骑单车改了路线，在交错纵横的巷子里绕来绕去，遇到常椿风纯属意外。

难怪前些天放学一直没有碰到她，原来是她故意绕了路。纪时海想。

巷子狭长，墙头白雪消融，水痕蜿蜒而下，汇聚成墙角处小小的水洼。两旁的住户有的支起了竹竿晒衣服，有的在家门前堆放了杂物，小道显得更窄，一次只够容一辆单车通过。

纪时海就跟在常椿风后面，不紧不慢，也不催促。

常椿风回头看了他一眼，眼睛里闪过一丝不耐和厌恶，不由得加快了速度，心旦却有些分神。

手中的车把一歪，直接朝着一排竹竿撞过去，常椿风猝不及防地从单车上摔下来，慌乱之中闭上眼睛，认命地等着竹竿铺天盖地地砸下来。

轰隆隆一阵乱响，却没有预料中的疼痛，身上覆着一个人，包围式地罩住了她。

过了一两分钟，身后的人终于缓过劲来，松开了她，脸色难看有点儿泛白，却朝她露出一个干净又明朗的笑："椿风，我们以后和睦相处吧。"

03. 屋檐下偷听的秘密

两辆单车并排停在常家的小院子里。常蓉做好了晚饭，看着今天两个孩子是一起回来的，无比诧异。

常椿风把书包扔在地板上："妈，我饿了。"

"马上开饭。"常蓉摸摸她的头，留意的是后面瘦高的男孩儿，见他额头上有块淤青，常蓉着急地问，"时海这是怎么了？"

纪时海说："不小心磕的。"

常椿风撇了撇嘴，埋头喝汤。

饭后，常椿风照旧负责洗碗和拖地，楼上的琴房不断传来钢琴声，是常蓉在给纪时海上课。

常椿风放下拖把，侧着左耳朵，静静听了会儿。她几乎可以想象出少年修长劲瘦的手指跳跃在黑白琴键上的样子。

说起来，她身边的每一个人，无论男女老少，无一例外地都喜欢纪时海。

那样的男生，有一张怎么看都好看的脸、绅士又体贴人的性格，连不经意间露出的小动作都迷人。

常椿风曾经也是被迷住了的。寒风彻骨的腊月天，为了他，头上顶着一盆冰水，眼也不眨一下地往自己身上浇，就跟自虐一样。

只是等到后来，已大有不同。

钢琴声一刻也没有停歇，夜间忽然又下起了小雪。

两年前，纪时海突然出现在常家的那晚，也是这样的天气。冬季的夜，屋外零星有雪。

常椿风做完作业从房间出来，客厅的情况还是僵持不下。十五六岁的男生站在客厅里，坚持要拜常蓉为师学琴，说什么也不肯放弃。

常家曾是赫赫有名的音乐世家，名噪一时。只是树大招风，后来无辜被牵扯到政治运动中，家族衰败，开始隐姓埋名，退出公众的视野。

到了常蓉这一代，更是寥落，只剩下她一个独生女。

常蓉谨遵祖训，琴技不传外人。

但纪时海更加固执，他为了他的钢琴梦，从 F 市跑到这座小城来，只为了拜师。他赖在常家死活不走，常蓉性情温婉，也不好拿扫帚赶他走。

这样的情况持续了一个星期。

常椿风每天放学急着回家看帅哥，晚上不忘吹常蓉的枕边风：

"妈，我反正是弹不好钢琴了，你收个小徒弟多好，有人继承你衣钵。"

常蓉叹气，摸了摸她的耳朵。

那天是雨夹雪，常椿风撑着伞从学校回来，就看见纪时海跪在自家的院子里，浑身湿透。

他知道，常家这样的门第，如今虽然落魄了，但依旧最讲究规矩。他拜师得拿出拜师的诚意来，不然就算再拖下去，也没戏了。

常椿风在屋里坐立不安，时不时地朝院子里望一眼："妈，你也不管管？这样下去会出事吧？"

常蓉坐在烤火炉前给她织毛衣，不动声色，像是没有注意到窗外的情景。

突然，常椿风啪地把练习册摔到地上，奔厨房而去，接了一大盆水出来。她直接赤脚走到了院子里，挨着纪时海跪下，把水盆举到头顶。

手上力气不够，摇摇晃晃，支撑不到两分钟，水盆倾斜，凉水"哗啦"一声全浇在她自己身上。

常蓉把手里的毛线团一扔，终于妥协："真是两个冤家！"

这么一闹，纪时海住进常家，成了常蓉的徒弟。而常椿风病了一场，还在医院住了几天。

纪时海对常椿风这个大恩人心存感激，像哥哥一样处处照顾她，叮嘱她到点了吃药睡觉，竟比常蓉还要准时。

周末，常椿风昏昏沉沉睡到下午，爬起来时屋子里空荡。常蓉出门去买菜了。她裹着睡衣去找纪时海，发现院门前停了一辆加长的小轿车，走廊上有人在说话。

"时海，你还是出国吧，妈妈可以替你找更好更出色的钢琴老师。"

"那比得过常家百年的积淀吗？常蓉能教给我最好的。不然我为什么要费尽心思留下来？"

"但是你现在一个人……"

"我只待在这边学个几年，学成了就走，你以为我很愿意待在这里吗！"

常椿风觉得身上又被浇了一盆冷水，还是带冰碴子的那种，刺得她浑身都疼。喉咙又痒又涩，憋不住一阵咳嗽。

纪时海回头，发现她就站在楼梯口，望着自己，唇边一抹讽刺的笑。

之后的两年，时光平淡如水。

他和她一起生活，在同一所高中上学，卧室和教室都只隔着一堵墙而已，低头不见抬头见。但她对他连那样讽刺的笑也很少再有，多半是直接漠视，擦肩而过。两个班的同学，竟没人知道他和她原来是认识的。

在常椿风心里，纪时海是迟早要走的人，忘了就好。

04. 祝你生日快乐

楼上的钢琴声停了，这一晚的教学课程结束。

常椿风继续把地拖完，然后在柜子里找到了一瓶药酒，敲响了隔壁卧室的门。

纪时海刚洗完澡，坐在床上一边翻看琴谱，一边擦头发。看见椿风进来，他明显地愣了一下。

"药酒给你放桌上了。"常椿风说完就准备走。

"背上的伤我自己看不见，不好擦。"纪时海说。

"哦，"常椿风说，"我去找我妈来。"

"老师应该已经睡了。"纪时海提醒她，速度很快地倒了点药酒在手心，在自己额头上的淤青处揉了揉，至于后背的伤，全等椿风动手。

常椿风迟疑了两秒，拿起遥控器，先把空调的温度调高了。

她把纪时海背上的衣服撩起来，看见的是青紫一片。那些竹竿砸下来的力道很重，如果换作是她来承受，就应该直接进医院了。

她擦药的时候很认真，药酒的气味虽然大，也没有马虎了事。难得耐心和体贴，许是出于愧疚。

纪时海只觉背上传来一阵阵火辣辣的痛感，但又忍不住有些开心，露出默然无声的笑。

"椿风，你明年准备报考哪里的大学？"

"还不知道，我没有特别想要去的地方。"常椿风手下一顿。到明年这个时候，这个人估计也该走了。

他底子好、天分高，得到常蓉两年多的指点，能学的也差不多都学了，剩下都靠自己悟。

分别既是预料之中，她两年以来的故作冷漠差点骗过自己。

有什么好舍不得，可还是舍不得。

高三的夏天轰轰烈烈地来临，6 月黄昏时分的天空如油墨画上渲染的那般瑰丽，常椿风偶尔感觉到不真实，时间飞逝，总比想象中要快。

最后一场英语考完，哨声吹响，数不清的课本散落一地，宣告着高中时代的结束。

常椿风拖拖拉拉地整理好东西，教室和走廊上有在相互告别的同学，她搜肠刮肚，实在没有什么好说，直接回了家。半路上想起，常蓉有事情出了远门，今天实在赶不回来，晚饭只能她自己解决。

尽管今天是她生日。

出乎意料地，家里并不冷清。

她走进院子，就听到熟悉悦耳的旋律，是《生日快乐歌》。简单的曲子，不断地循环，有人不厌其烦，弹了一遍又一遍。

椿风很少去那间琴房，如今站在门外，甚至觉得有点陌生。白色的窗帘被风吹拂得飘起，天边的夕阳斜照，光影投映在房间中央的钢琴上，弹钢琴的少年背对着她，时光褪了色，像一帧定格的泛黄画面。

音乐突然戛然而止，纪时海回过头，笑着看向她："生日快乐。"

钢琴上，还放着一个抹茶蛋糕。

05. 你说什么，我听不见

后来有那么几年，常椿风去了很多很多的地方，路过各式的甜品店，尝试不同口味的蛋糕，但她再也找不回那种味道。

高考后的那天晚上，她吃到的独一无二的味道。那时候，纪时海还坐在她的对面，笑着问她："怎么样？好不好吃？"

抹茶粉放得太多，偏苦。她勉强地点点头，拿过小刀把蛋糕一分为二，分两盘装。和纪时海各自端着，并排坐在院子乘凉，少有的悠闲和惬意。

一声汽车急刹传来，紧接着院门被敲响。纪时海放下蛋糕，说：

"我去看看。"

常椿风坐着没动，从她的角度望过去，看不见外边的人。纪时海恰好站在门槛上，和对方低声说话，像是专程来找他的。

莫名其妙地不安起来，常椿风心里的慌张被无限放大。

纪时海结束谈话，走过来，方才脸上的笑意已经无影无踪，他说："我要走了，椿风……来不及向老师道别，等她回来，麻烦你帮我跟她说一声。"他一直称呼常蓉为老师。

死一般寂静。

常椿风脸上复杂的表情，纪时海看不太懂。

"你说什么，我听不见。"她的声音变得沙哑。

只是帮他转告常蓉几句话的事，她都不愿意做了，可见她讨厌他到了何种境地。纪时海苦笑，连要说出口的再见，也被堵在喉咙里。

回房间收拾了几样东西，拎着行李箱出门，他被她的冷漠轻易刺痛，无话可说。但最后还是忍不住，转身拥抱她。那样大的力气，仿佛让人不能呼吸。

他说："椿风，我喜欢你。"

常椿风说："我听不见。"

常蓉第二天回来的时候，常椿风还坐在院子里，低着头，长发把大半张脸都遮住了，她手上是一块没吃完的抹茶蛋糕。

不见有动静，像是没了声息。

常蓉慌忙跑过去，抬起常椿风的脸，满手冰冷的泪水。

"椿风，椿风，是不是耳朵疼？是不是耳朵又疼了？我们不怕，去医院做手术好不好？"

常椿风抱住她，发出隐忍的哭声："妈妈，我听不见。"

这一年，常椿风听到的最后的声音，是纪时海对她说，我要走了，椿风。

再往后，是嗡嗡嗡的响声，她无措地站在原地，看他收拾东西，拥抱自己，然后消失在视线里。

两年前，她的右耳里长了点东西，被判定为耳肿瘤。如果动手术，恢复的可能性是百分之五十，还有一半的可能，是导致她完全失聪。

常椿风不愿意，她害怕成为一个聋子。

更何况，纪时海出现了，她害怕在他面前成为一个聋子。

因为知道他是一定会离开的人，那就苦苦支撑，装作讨厌他，漠视他，等他离开，成全自己仅有的自尊。

她只能在他看不见的角落里坚强。

06. 他如石沉大海

大四那年，常椿风从北到南，一路游荡，终点站是 F 市。这是她送给自己的一场毕业旅行。

四年时间，她的听觉恢复无碍，却再也找不到一个人。

她每天上网浏览国内所有与钢琴相关的新闻和网站，那个熟悉的身影没有出现。原本预料，会大放异彩的少年，没有出现。

纪时海这个名字石沉大海，彻底在她的世界里消失。

她在茶馆里闲坐，听人聊到 F 市的前任市长，是姓纪，贪污入狱，四年前的一天在狱中畏罪自杀。那个日期，椿风实在太过熟悉，是她的生日，纪时海被人接走的那一天。

她想起纪时海告别时的匆忙和急切，不敢联想，害怕呼之欲出的真相。

常椿风心不在焉地从茶馆出来，在巷子口撞到一个女人，对方的苹果滚了一地。她连忙说对不起，弯腰去捡，却忽而愣住。

"你是椿风吧？"对方显然也认出了她。当初在常家见过一面的，是纪时海的妈妈。

常椿风印象深刻，点了点头，不知怎么，鬼使神差地跟着纪妈妈去了她的家。

三室两厅的房子，其中有一间属于纪时海。常椿风推门进去，一种久违的熟悉感刺痛了她的眼睛。篮球挂在墙壁上，钢琴模型和琴谱占据了大半张书桌，常椿风仿佛看见他打完篮球回来，把窗户打开，趴在桌上拿起铅笔在谱子上涂涂改改，认真的样子。

"时海估计也就是这两天回来，椿风，你们也有好几年没见面了吧？"纪妈妈问起。

常椿风无声，点了下头。

07. 路遇一棵枇杷树

纪妈妈说了很多常椿风不知道的事情。

六年前，纪时海的爸爸入狱，纪家被拖垮。十五岁的纪时海不想出国避难，选择了常家，为了打发掉纪妈妈，口不择言。

他说："常蓉能教给我最好的。不然我为什么要费尽心思留下来？"

他说："我只待在这边学个几年，学成了就走，你以为我很愿意待在这里吗！"

言不由衷，却被常椿风听进心里。

他不是没有想过要解释，但又能如何解释，他亦有自己的骄傲，说不出真相。

高考那天，他的爸爸在狱中自杀，妈妈着急派人来接他回去。情况十万火急，司机又疲劳驾驶，刚到 F 市就出了车祸。他重伤，一度昏迷不醒。

常椿风如何会想到，当她被推进手术室的时候，他就在千里之外的另一间病房里，徘徊在生死边缘。

有那么两年的时间，纪时海躺在病床上不能动弹，度日如年，他看着墙上的秒钟滴答滴答地走，窗外日升月落，仿佛已经过了很多年。

他想起那个女孩儿，戴着火红色的针织毛线帽，在操场上玩骰子，摇出了一柱擎天。他看得正出神，被语文老师叫起来朗读一段文言文，是归有光的《项脊轩志》，如同命运隐晦的谶语。

"其后二年，余久卧病无聊，乃使人复葺南阁子，其制稍异于前。然自后余多在外，不常居。庭有枇杷树，吾妻死之年所手植也，今已亭亭如盖矣。"

每每心中默念到最后一句，他觉得庆幸，至少他喜欢的那个女孩儿，尚且平安。

他甚至有些天真地胡思乱想，万一哪次，他再也醒不过来，就这样离开这个世界，骨灰要埋进地里，旁边种上一棵枇杷树。经年之后，或许有一个叫常椿风的女孩儿路过，停住脚步，在树下站一会儿。

再后来，他的身体渐渐有了知觉，重新活过来，每一次新生都是涅槃。他从早到晚进行复健，以让全院医生诧异的速度恢复着，似乎无坚不摧，没有懦弱的时候。等到出了院，就提出去国外深造的想法。

他这时弹琴，双手木讷，达不到以前的程度。他需要大把大把的时间，从头开始，在她看不见的地方默默拼命努力。

常椿风听到这里，双手捂住眼睛，不知是哭是笑。为什么他和她一样自以为是，都以为，只有变成最好的自己，才敢出现在对方面前。

08. 大雪纷飞里重逢

鹅毛大雪飘落，常椿风去机场的路上临时买了一条又厚又长的围巾，把半张脸都围了起来。

再要出发，出租车司机已经不答应了，说雪太大，走不了了。

这天是圣诞节，商店的橱窗里摆放着五颜六色的圣诞树。常椿风被困在路口，毫无办法，又得往回走，去商场避一避风。

不远处突然传来钢琴声。

那是家咖啡厅，落地窗前有一架黑色钢琴，可供客人弹奏。

常椿风隔着茫茫白雪，看见那人的侧颜，如同跨越过荒洪时光，终于重新出现她眼前。她不敢进一步，害怕前方那幕场景只是黄粱美梦。

咖啡厅里，不少人朝窗外望，那个站在大雪里一动也不动的女孩儿，说她真的很奇怪。

　　纪时海听到议论，抬起头来，看见黑色围巾遮住的一张脸，只有那双眼睛，通红通红，望着自己，眼泪无声无息。

白马非马，
繁星为证

\

愿你有伴你如初的竹马，愿你有璀璨如星辰的白
马，愿你珍惜，每一个不辞辛苦、跋涉到你身边
的人。

**01. 我以为我们永远不会在一起，可命运把不可能变成了
现实**

我坐在墓园门口数樟树，又玩了两盘之前席越给我推荐的填
字游戏，用来打发时间。今年的冬天格外冷，樟树上挂着一条条
晶莹的冰凌。

离和宋冗约定的时间已经过去半个小时，他始终没有出现，
我只好一个人捧着小束白菊和马蹄莲沿着林荫路走进去。

每年的这一天我和宋冗都会一同出现在这里，这就像是一条
自然定律。但现在，这条定律被他亲手打破了。

昨晚他在家看剧本的时候，我特地提醒过他："明天别忘了去扫墓。"

他当时大概太用心工作，头也没有抬，只是嘴上答应着："我会让经纪人尽量空几个小时出来。"

客厅里的灯光被调成柔和的橘色，流水般漫过他露在领子外的白色肩骨，虚化了他棱角分明的脸庞。不得不承认，宋冗有一副惑人的皮相。少年时期，我们班的七仙女加起来，都比不过他故意搞怪的一个回眸。

脚下的这片墓地里，葬着十八个和我密不可分的人，全是我的老师和同学。

十二年前，全国著名的暨城戏剧学院改革，办了一个特殊的少年班。校方从全国各地的高中招揽学生，组成了这个班。我们班全体成员，再加一对貌美如花的班主任也不过二十人。我们就像密不可分的亲人一样在一起生活了六年，接受学习和培训。

宋冗是我们当中最特殊的一个存在。

他来头不小，恰好是两个班主任自己的孩子，再加一张妖孽脸，平日里被全班同学像宝一样捧着。

那时候，我和他的交流算不上多，因为排不上号。他随便说一句口渴了，都会有人抢着给他接水，我就算有心想向他靠拢，也会被挤到一边儿去。

晚上等寝室熄灯以后，我躲在被子里偷偷打电话告诉发小席越："从小到大，我终于看见一个比你还拽的家伙了，全班人简直把他当少爷一样伺候着！"

我初次过寄宿生活，很不适应，难为席越每天陪我煲电话粥到深夜。不记得从哪天开始，我的话题从不习惯学校的生活转变成了宋冗，只是自己全然未发觉。

直到有一天席越闷声问我："之橙，你是不是喜欢上他了？"

我吓得把手机扔了。

原来，我喜欢上宋冗了。

可那时候我想，宋冗大概永远不会喜欢上我，毕竟我在他面前渺小得如同一粒沙。

但命运何其强大，翻手为云覆手为雨，它把一切都推翻，把我认为永远不可能的事情变成了现实。由班主任带队的一场毕业旅游，暮山之行，改变了一切。突发的泥石流把除我和宋冗之外的十八个人全都带走，他们从此葬身于青山绿水之间。

宋冗的妈妈是我最喜欢的老师，遇难时她在慌乱中说的话我一直不敢忘记，她说要我好好照顾宋冗。

如果，我们都还能活着的话。

迄今为止，那场泥石流已经过去六年。

可那年冬天刻骨铭心的场景还历历在目。宋冗意志迅速消沉，仍滞留在丧失双亲的剧痛中。当他拿着刀片无意识地划过手腕的时候，我吓得魂飞魄散。那段时间我日夜守着他，不敢再离开半步，连席越的生日也抛在了脑后。

后来宋冗终于从困境中走出来，签了公司，参演了第一部电影《白马赋》。而我选择做他的经纪人，为他铺路和打点一切。

我们自然而然地在一起了。

我常常觉得，是宿命让我们走到一起的。

好像天地间，只剩下彼此相依为命。我成了他在这个世界上最亲近的人，他曾经在冬夜里死死抱住我，狠狠地咬牙说："林之橙，如果你也敢离开，你就死定了。"

年少时的我带着一腔孤勇地承诺："不会的，我一定不会。"

在此之前，我从来没有想过要离开宋冗。

只是现在，想要离开的人似乎变成了他。

我看着墓碑上的相片，一张张熟悉的面孔被留在了岁月深处，随时光老去的只有活在尘世的我们。

手机振动，我起初以为是宋冗，结果来电显示却是席越。他的声音里夹杂着巨大的喜悦，呼吸好像都是轻快的。

他说："之橙，医院那边传来消息，有个小姑娘跟你骨髓配型成功了，你有救了！"

02. 他说分手的那一刻，我居然觉得如释重负

我赶到医院，席越已经在主治医师的办公室里等着了。那厮见着我的第一反应是扯我的毛线帽，毫不留情地嘲笑："你都成一小光头了，怎么还敢到处乱跑？"

我两手护着帽子不让他得逞，誓死捍卫自己的尊严。

经历几场化疗之后，我的头发在前阵子全掉光了，平日里化好妆戴假发，照旧人模狗样地和宋冗相处，只有席越会这样戳我伤疤。

在检查出白血病之后，我辞去了宋冗的经纪人一职，彻底成了个闲人。由于迟迟找不到匹配的骨髓，始终无法进行手术，只能接受保守治疗。

我曾经郁闷万分地问席越："为什么我要经历这么多的不如意？"

他说："可能是佛祖为了让你长成一个有故事的女同学。"

我又沮丧万分地说："再这样拖下去，我可能要死了。"

他说:"那怎么行。你小时候欠我的三百六十五包辣条我还记在账上!"

我只想还一个大耳刮子给他。

"找了这么久,终于配型成功,等来了希望。"席越靠在走廊尽头抽烟,难得言辞感性了一回。过了很久,烟灰从修长的指间一截截掉下来,他问我,"宋冗呢?发生了这么大的事情,他怎么没来?"

我想了想说:"他来也没什么事,回头我把这个好消息告诉他就行了。"

席越冷沉地笑了一声,满脸嘲讽:"男朋友就这么不称职吗?"

"他已经帮我做了很多了,这一年我自己都快要放弃了的时候,他还在全国各地帮我找合适的骨髓。还有你也是……"我撞了一下席越的肩膀,故意顿了两秒,放慢语速煽情,"要不是你们,我哪能活到今天?"

席越屈起手指,在我头上敲了敲:"快点儿好起来啊,真是替你操碎了心……"

晚上回家,我和宋冗大吵了一架,最后一架。

"今天为什么没去墓园?"我尽量缓了语气,心平气和地跟他谈，"别告诉我说你忘了。"

"没时间。"

"偏偏就有时间专绯闻吗？"

面前的笔记本电脑上是一组刚被爆料出来的照片，宋冗和当红女星楚遥一同亲密地进出酒店。尽管他戴着墨镜和口罩，但十二年的相处，即便只是背影，也足够让我认出这个人。

"那里葬的是你的亲生父母，和你一起同甘共苦过的同学，难道还要我求着你去祭奠他们吗？"声音陡然拔高，我不明白心底熊熊燃烧的除了愤怒还有什么。

"用不着你时时刻刻提醒我，我不想再记得那些让我痛苦的事情！"

"是你自己在逃避！"

"林之橙，你烦不烦！"

玻璃花瓶投掷到电视的液晶显示屏上，砸出无数条裂痕，如同支离破碎的感情。曾经的彼此相依为命，从什么时候开始，变成了无形之中的束缚和枷锁。

这几年里，我们发生过很多次争执，因为他的星途如何发展、因为我的病情恶化如何接受治疗，我们常意见相左，争持不下，到最后两败俱伤。

好像被这一声巨响砸醒，我和他找回了各自的神智，彻底地冷静下来。

宋冗颓败地坐在地板上，脚边满是玻璃碎片，他的声音透着死寂："之橙，我觉得很累。"

他重重呼出一口气，才接着说："你让我觉得很累。你的存在无时无刻不提醒着我回想过去的时光，大家都还在一起的时候，可是只要一想到过去，我就很难受……"

他说："这次自愿捐献骨髓的女生是我的一个粉丝，找到她，说服她，我花了很长的时间和心血。我能做的，都替你做了……"

我曾经陪他走出困境，他如今还我性命，他现在告诉我："之橙，我不欠你什么了。"

我不欠你什么了。

我又何尝不是。

共你十二光阴，深恩负尽，死生师友。不离不弃，一步步扶持着走到现在，宋冗，当年我的一句承诺到如今也已经悉数还清。

宋冗殷红的眼角微微上挑，眸中深邃如海，在灯光下有种深情的错觉。如有预感般，我听见他说："我们分手吧。"

那一瞬间，我脑子里一片空白。

空白过后，我竟然觉得如释重负，仿佛背负了很久很久的东西从肩上卸下来。

时间把我们曾经的热忱和相互依靠的脉脉温情消磨殆尽，千言万语，汇聚到嘴边终只变成了一个字："好。"

我们分手吧。

03. 我被区区一个地球压垮了，这辈子都出不了大气平流层

我搬回父母留下的老房子里，和席越家只隔了一堵长满了爬山虎的围墙。

席越还像少年时那样喜欢突然从墙头跃下来，把院子里的流浪猫吓得魂飞魄散，四处逃窜，我坐在冬末枯萎的葡萄架下夸他："少侠好身手。"

"听说你和宋冗分手了？"他说话从来不跟我客气。

我点头，他惊讶："宋冗终于眼不瞎把你给甩了！"

我想一脚踹过去送他上天。等待手术的前几天，日子过得格外漫长，我稍微有点儿小感伤，被席越这么一搅和，全搅没了。

"为什么分手啊？"席越还非得较真问个清楚，他还一边打量着我说，"我看你的样子好像一点儿都不心痛啊！"

我强忍着心痛，严肃地跟他剖析："他当初选择跟我在一起是因为他只有我，可现在不同了，我们把那段最难熬的日子熬过去了，都不愿意成为彼此的牵绊。他可以去选择更好的、足以跟他比肩的人，而我也终于不用每天化妆戴假发了，不用担心会吓

到他，这样我可就轻松多了……"

我把这件事当作一个笑话说给席越听，但笑着笑着，自己忽然觉得很难过。

院门外边传来一阵窸窸窣窣的响声，我正要起身去看，席越一把按住我，手指比了一个动作："嘘——"

他轻手轻脚地前去查看，走回来时手上拿着厚厚一沓粉色的信封。

"咦，是什么？"

他觍着脸朝我炫耀："最近不知道怎么回事，老有读者跑来我家送情书，今天还送错地址了，放到了你家前面的信筒里……"

他不说，我差点儿忘了——席越是个小说家，拥有一大批少女读者的悬疑小说家。

我们俩读小学的时候，班主任问了一个全天下的老师都会问的问题，你长大以后的梦想是什么？

我记得当时自己说想做飞行员，飞出银河系。席越说他想当小说家，他可以把我写成一个很牛的飞行员，让我飞出银河系。

可一进高中，暨城戏剧学院少年班前来招生，说六年学杂费全免还有补贴，我立马就去报名了，没想到还误打误撞被选拔上了，但现在我是个无业游民。我被区区一个地球压垮了，这辈子都出不了大气平流层，席越却真的成了个小说家。

不知道他有没有提笔写过我，替我圆梦。

又想到我现在还是个无业游民，每天耗的都是之前一点点攒下来的养老金，我不上心痛了，简直像心被人挖走了。

席越见我捂着胸口，以为我病发了，慌乱之中把情书全扔了，抱着我就开始往外跑，满脸焦急地喊："橙汁儿，橙汁儿，这次是哪儿不舒服？"

他从小开始，一着急就念不顺溜我的名字，老把"之橙"说成"橙汁"，还自带儿化音效果。

我在他怀里被颠簸得头昏，决定实话实说："除了脑袋，哪里都挺好的。"

他一听更急了，把我往副驾驶座上一扔，眼见着就要发动车子去医院，我忙拉住他镇定地说："现在好了。"

他一愣："你骗我？"

我狡辩："我没有。"

他转过头去，面对着黑色的车窗不吭声了。

席越真正生气了就很难消气，比女生难哄多了，傲娇得不给你解释的机会。大长腿跨下车就往家里赶，背影挺拔如同一棵行走的白杨树，步步生风。

我在后面追他，还得用跑的。

席越一直冲到自己房间，关门的瞬间被我往里挤进半边身子。他特意松手，我反倒一个踉跄跌进去，结果发现地板上搁着许多凌乱的手稿。

我由衷地感叹："这真不愧是一个文学艺术家的房间啊！"

席越大概自己忘记了收拾，也没有想到我今天会误入这片私人领地，一边吼着"看什么看你不许看"，一边手忙脚乱地去捡。

我当然不会平白错过这个机会，费劲地抢过来几张稿纸，混乱中居然发现了字里行间多处出现了"林之橙"三个字。

人对自己的名字总是分外敏感的。

浏览完两三页我就发现了，故事里写的人竟然真的是我。

我不抢了，席越也不捡了，一时间安静得有点儿匪夷所思，只有隆冬森冷的风在窗外呼啸，刮得泛黄的落叶在半空中打转。

他挫败地靠着书桌坐下来："林之橙，你现在满意了？"

褪去了笑意和揶揄的外衣，他的声音像被灌进室内的风吹得有些远："我小时候就说要把你写进书里的，让你当我的主角，你是不是忘记了？可是我一直记得……"

"前阵子看见一条新闻，有个导演拍了个五分二十秒的片子，叫《森林记》，以他妻子来命名，讲述他妻子的一生。我当时觉得挺浪漫的，想起我也这么浪漫过，替自己喜欢过的人写过一本书，忍不住半夜爬起来翻原稿，结果今天忘记收拾了，被你撞了个正着。

"我从来到这个世界上的第一天开始就认识你了，今年我二十七岁，你二十六岁，我们都在被时间推着往前走……

"十二年前，你进了少年班之后我们见面的次数骤减，你寄宿，两个月回家一趟，你认识了宋冗，你把所有的目光都放在宋冗身上……之橙，你何时可以回头看看我？"

他说："我一直在等你回头。"

04. 红玫瑰和白月光，竹马与白马

"席越，我头晕。"

"林之橙，你这人怎么没皮没脸的，别想在这个时候骗我！"

"这次是真的，你刚刚恼羞成怒扔书的时候砸中了我的头。"

意料之外的告白以当事人昏厥而短暂告终，席越黑着脸把我送去了医院。

醒来时听到医生在外间嘱咐了席越良多，刻意说给我听的只有一句："手术恐怕要提前了，这次必须要住院，不能再任由她像以前那样住在外面浪了。"

席越一个劲地点头附和："您说的是，您说的是……"

医生说："你们家属一定要和病人做好思想工作，不能让她

产生逆反心理，消极对待生活。"

席越说："您放心，我一定好好管着，不会再让她乱来，以前是她太任性、太不像话了……"

不能听下去了，我血管要爆了。

被留下来住院观察的这段时间，我的人身自由彻底地成了窗外的浮云。

席越把办公的地点变成了医院，每日除了吃喝玩闹，就是搬着笔记本在膝上敲敲字，所幸他没有喊无聊。席家爸妈偶尔会过来探探班，替我们张罗吃喝，改善一下伙食。

我睡觉的时间居多，在药物的作用下有时脑袋昏沉，总有儿时大段大段的回忆从脑海中冒出来。那时候还没有宋冗，席越和我都还是穿着短裤背心、性别不分一起上学的熊孩子，妈妈常从院门口探出头来，吆喝我们俩快点儿回去吃冰镇西瓜。

吃完西瓜，我爸又给我们俩剪了一个西瓜太郎的小发型，并排站着照镜子，一边一个大傻子。

我爸说："席越你在学校要多帮着点儿之橙，不要让她受欺负。"

席越大声说："好。谁敢欺负之橙我就揍他！"

转身他就跟着我互揍，在房间里打得不可开交。我边打边哭，边哭边放狠话："席越我以后再也不跟你一起玩了！"这种话说过无数遍，但变脸就跟变天似的，每次不知什么时候哭完，又笑着凑到一起剪烂衣服学济公穿破袈裟。

时间逐渐往后推移，是爸妈争吵的画面。如同普天之下的许多夫妻，从两厢携手到相看两厌，甜蜜和厌弃不过转瞬之间。他们收拾行李，分道扬镳，很快就从家离开。

而我还住在老房子里，没有去投奔他们帮我安排好的亲戚家。

身边站着的人还是席越，同样的人和画面。于我而言，一切似乎没有什么不同。

最后梦到的，是庐越有天半夜翻墙过来，脚下打滑，摔折了一条腿，还在拍着胸膛说："林之橙，你放心，我们会一辈子在一起的！"

我醒过来的时候，看见席越坐在床尾工作，身后的白色窗帘被风吹拂如海潮，光线明灭，犹如梦中。

他说："你醒了啊，渴不渴？要不要喝水？"

这一刻，我神情恍惚，几乎快要以为我们还停留在十二年前。没有暨城的少年班，没有泥石流，没有十八条人命，没有宋冗，没有撕心裂肺的爱与恨，相聚与分别。

我哑着声音回他："渴了，要喝水，还要出去放风。"

再这样下去，下一个梦，我估计会梦见自己发霉了。

席越收拾了下东西，准备和我出去晒太阳。我指了指墙上挂着的毛线帽，说："把这个给我拿上。"

他看着我的光头，似乎不忍心，安慰我："头光着也挺好看的。"

我用尽力气踢了他一脚，暴怒："可是头很冷啊！"

被这个智障一气，我精神都好了一两分。两个人闹腾着去了医院内部的小花园，一轮冬天的小太阳在天边挂着，缥缈微茫的光，不痛不痒地照在人脸上。

我把半张脸藏进围巾里，坐在花坛上休息。过了一会儿，就昏昏欲睡，又想起刚才梦见的画面，那声音还响在耳边——"林之橙，你放心，我们会一辈子在一起的！"

于是，我情不自禁地问出口："席越，你会喜欢我多久呢？"

一辈子能有多久呢？

他愣了一愣。

我比想象中还要好奇他的答案，耐心地等着。他蹲下来，看着我的眼睛，似乎在酝酿一个属于小说家的带有艺术色彩的答案，他说："我会……"

旁边的走廊上传来清晰的脚步声，席越说话的声音被打断，我们不约而同地一起回头，看见了宋冗，和他臂弯里挽着的女人。

我回想了一下她的名字。

好像是叫楚遥，宋冗的绯闻对象。

狭路相逢，四人面对面，我还在犯愁这下该怎么打招呼。忽然之间，从四面八方涌出来一队狗仔，闪光灯差点儿闪瞎了我的眼。

我心想完了。

我还是宋冗经纪人的时候，就曾被媒体曝出我们俩的同学身份和情侣关系，虽然我们俩死不承认，但当年也被炒了好一阵，风头才渐消。如今再加上楚遥，还有身份不明的圈外人士席越，估计怎么也说不清了。

手术之前还来这么一遭，原本就生死未卜，如今还要晚节不保。

话筒已经伸到面前来。

"请问你和宋冗现今是什么关系？他今天来医院是为了探望你吗？"

"最近传闻宋冗当年无心进入演艺圈，肯出演《白马赋》，也是因为你的关系，请问传言属实吗？"

"还有你身旁这位先生，和你……"

宋冗和楚遥自顾不暇，席越这人不混娱乐圈，比较痞气，也不在乎形象，蛮力拨开我前面的几个狗仔，拉着我就准备暴力突围。

"等等……"我想了想，在事情闹得更大之前阻止了席越，第一次主动面对镜头说话，尽量做出一个轻松的表情，用一种开玩笑似的语气说话，"从进入少年班开始，我认识宋冗十二年，我们是同学，是挚友，后来也是工作上的伙伴。他始终优秀，让人难以移开目光，我仰慕他，只是把他当作我的白马而已。

"而你们很好奇的我身边这个男人，是我的竹马，我认识他二十六年了……"

这是我能想出的，唯一比较妥善的说辞。

即便再有人去扒我们几人的过去，和我的说法也不相悖，他们钻不了空子。

多年以后，有家杂志的主笔老生常谈，翻起这件旧账。不知话里是否有调侃揶揄的意思，说张爱玲写笔下的每一个男子都有过这样两个女人，红玫瑰和白月光，而林之橙可谓是人生赢家，她有一个白马，一个竹马。

前者惊艳了十二年时光，后者温暖了她一生漫长的岁月。

05. 我爱你，直到死亡把我们分开

风波过后，楚遥还来找我，这确实出乎我的意料之外。

她说："你不好奇那天宋冗为什么会出现在医院吗？"

她陆陆续续跟我说了很多，我听完之后决定去找一趟宋冗。把这个想法告诉了席越，他照旧在键盘上敲字，眉头皱得可以夹

死一只蚊子，但也没有阻止，只是交代了必须要在晚上八点之前回来，护士会来查房。

他居然还肯帮我打掩护，觉悟太高，简直让我对他刮目相看。

约好的时间是傍晚六点。

宋冗那时候刚好录完一支 MV 的外景，空出来的时间也就不到四十分钟。我跟他随意找了附近一个小咖啡厅坐下，心境竟十分坦诚从容，半个月前分手时的沉重已经去了大半。

大概越活越没心没肺了。

"我今天来找你，是因为知道了点儿事情。"我开门见山地问他，"楚遥告诉我，捐赠骨髓的根本不是什么志愿者小姑娘，是你自己……宋冗，这话是真的吗？"

他沉默了许久，终于点头。

他说："你的血型特殊，我一直忙着在全国四处找骨髓配型，却忘记了自己也是可利用的资源。不久前，我才巧合地发现自己的骨髓就能派上用场……"

"为什么不直接告诉我呢？"我苦笑，"无中生有捏造了一个小姑娘出来捐骨髓，是害怕我知道真相太感动，对你纠缠不清吗？"

"你现在过得好吗？"宋冗不问反答。

我想起席越，点了点头。

"之橙，你有没有发现，跟我在一起的时候你总是过于认真，太小心翼翼，也很少开玩笑。可是你跟席越不一样，你和他配合得天衣无缝，两个人随口都能说相声了。你开心高兴，或者悲伤难过，从来都不需要对他掩饰……"

宋冗问："之橙，你真的知道什么样的感情叫作爱情吗？"

我哑口无言。

越来越稀薄的日光渐渐从山头收拢，成群的倦鸟从高空飞入山林。城市的灯光一点点亮起来，霓虹闪烁，车辆飞驰，我突然迫不及待地想要见到那个人。他说让我晚上八点之前回去，就一定在等着我回去。

"谢谢。"我对宋冗说，心中已全然释怀。

赶回医院时，发现席越鸠占鹊巢，垫高了枕头躺在我的病床上听歌。他眨着眼睛，面朝充满繁星的夜空，活像个俊美忧郁的小诗人。

我走过去，摘下一个耳机塞进自己耳朵里，熟悉的男声在唱："等我们终于紧紧相拥／所有苦难会甜美结果／我们就耐心漂流／爱会来的／在对的时候……"

我和席越并排躺在一起，床很小，有点儿拥挤，我又问了他那个问题："席越，你会喜欢我多久呢？"

"直到死亡把我们分开。"

我高兴地扣住他的手指，天地间好像只剩下掌心传来的温度和高远的夜空。我侧身吻了一下他的嘴角："好啊……"

"有生之年，我永远爱你。"

上帝和今夜的繁星做证。

陈塘夜话·颐宁

＼

她曾和祁寒谈及生死，十指相扣，仿佛什么都不
畏惧。世事无常，如今独独剩下她，她什么都害怕。

{ 楔子 }

颐宁以前听大悲寺前算命的老瞎子忽悠说，人死了以后，魂
魄会飘起来，升入九霄云天，或是滞留人间，永世不得超生。

她没想到这话也不一定是假的。

她若死了，魂魄还在，会留在陈塘的宫殿中。

{ 壹 } **"此路是我开，此树是我栽，要想此路过，留下买
路财！"**

出殡这天，宫中上下一片缟素。

穿着丧服的小祁誊被老嬷嬷抱在怀里，苍白着小脸叫唤娘亲。

送葬的队伍庞大，浩浩荡荡地从宫墙之内走出城墙之外，自始至终，没有看见祁寒露面。

他是一国之君，应该很忙，这点儿小事恐怕还惊扰不到他。

尽管，颐宁与他成婚十年，她是他的结发之妻，再多的眷恋与爱慕，也都在漫长的时光中消磨殆尽了。

颐宁刚认识祁寒的时候，她还只是个黄毛丫头，跟着周淮渊在大漠黄沙中驰骋，拉弓射雕，十发九不中。祁寒已被立为太子，是常能从说书先生口中得知的一号人物。

周家军镇守边关数十载，功不可没，保陈塘五十二座城平安顺遂，不受外敌侵扰，乃陈塘第一大功臣。太子祁寒微服私访，前去慰问。

只是才到边疆戍城，就被拦截。

"此路是我开，此树是我栽，要想此路过，留下买路财！"

一道声音炸响。

"太子爷，马车被三个地痞拦住了，您看怎么办？"

驾车的侍卫到底是跟着祁寒见过世面的，练就了波澜不惊的性情，遇到这种情况也丝毫不慌乱，回过头毕恭毕敬地向马车内的人请教。

祁寒掀开窗帷一角，看见斜前方的戍城府衙。

"给他们一锭金子，让他们放行。"

"是。"

"慢着，给一百锭。"他又吩咐。

"是。"

颐宁收了金子，兴高采烈地回了军营。

祁寒散财消灾，当晚在戍城最大的酒家落脚。

不出两个时辰，侍卫打探完消息回来："禀告太子爷，今日拦车的地痞头子是周家的小少爷。此人仗着周家，在戍城横行已久。"

祁寒喝了一口热茶："原来如此。"怪不得敢在府衙门前拦路打劫，还这般肆无忌惮。

"属下还听闻，周家小少爷很得民心，乐善好施，他劫来的钱财全拿去救济穷苦人家了，在戍城人奉为活菩萨。随便向个路人问起周家小少爷，都对他赞不绝口……"

祁寒点点头，像是听进去了："让店小二添一壶新茶上来，待会儿会有贵客到。"

侍卫不明所以，仍恭顺道："是。"

"周老将军只有一个独子周淮渊，这小少爷是哪里冒出来的，我倒真有几分好奇……"

颐宁觉得金子实在漂亮，留下一锭，预备送给周淮渊。结果周淮渊不领情，在看见金锭底下刻的一个"祁"字后脸色大变，拎起她的衣领子就是一顿打："你这闯祸精，又给我惹事了！"

颐宁鬼哭狼嚎，要去找周老将军告状："大哥欺负人！呜呜呜呜……我送你金子，你还揍我，呜呜呜呜，没天理啊……快来人呀，快来人呀，周淮渊要亲手弑妹啊……"

周淮渊腾出一只手来捂住她的嘴，拖着她往外走。

"周颐宁，你再多说一个字，从明天起关四十天禁闭。"

颐宁心肝一颤。

"现在马上给我去把那一百锭金子找回来，要原模原样的，带上跟我前去认错。"

颐宁刚想反驳，被周淮渊严肃的眼神吓住，乖乖地点头。

见她委屈的样子，周淮渊捏着她的脸叹气："颐宁，你这次真是闯大祸了，招惹了不该招惹的人……"

{ 贰 }"喝了它，我便当是你赔罪。"

祁寒看完手头的半卷弓，门外有人通报。

"太子爷，周淮渊在酒楼下求见。"

"几个人？"

"除了他，还有身边的一个姑娘。"

祁寒觉得事情有点儿意思，不紧不慢地把书卷收好，添了灯油，回道："让他们上来。"

周淮渊一路上教颐宁如何请罪、如何认错，等到了祁寒面前，颐宁却又低头装哑巴了，死活不肯出声。

周淮渊无可奈何，拉着颐宁跪下："太子殿下，舍妹少不更事，鲁莽成性，白日误冲撞了您，还望太子殿下恕罪。"

还有一百锭金子也悉数归还。

祁寒却没有收回的意思，盘膝而坐。他神态平和，看不出喜怒，只有视线毫不避讳地落在颐宁身上。

"白日拦车的是位公子，前来认罪的却是一位姑娘，是我眼花了，还是你们弄错了？"

周淮渊摸不准祁寒的心思。他一早收到消息，太子微服私访来戍城，心中百般盘算，却没想到这事一开始就会和颐宁扯上关系。

颐宁是周家老将军收养的孤儿，自幼跟着周淮渊在边疆长大，心性单纯，头一遭撞上祁寒这样难缠的人物多半是桩祸事。

周淮渊还没想到应对的法子，颐宁已经站起来："抢你银子是我不对，你做什么为难我哥哥。一人做事一人当，说吧，你想怎么样？"

周淮渊大怒："放肆！"

祁寒却面带笑意："无碍。"

"我想怎么样？让我想一想……"祁寒若有所思，提起炭火上的小炉，重新沏好一杯茶，推到颐宁面前，"喝了它，我便当是你赔罪。"

周淮渊霎时面色惨白。

滚烫的开水冒出白色的热雾，蜷缩的茶叶瞬间舒展，在杯中沉沉浮浮。颐宁才伸手碰到杯沿，指尖就烫得通红。若是一口气灌下去，她的嘴和喉咙不知会烫出多少个泡。

她愤愤地看着祁寒，祁寒也望着她，似乎在欣赏她脸上为难的神色。

周淮渊道："臣愿代妹受罚。"

祁寒的表情变化很细微，在场几个人中只有那个从小跟在他身边的贴身侍卫能察觉到，他现在心情十分糟糕。

他还没发难，颐宁已经抢先一步，端起茶杯两口喝下去，然后眼泪就被烫了出来，连成线地向下掉。

她疼得说不出话，但是豪情万丈，杯子一放，扯过袖子擦了两下脸，拉着周淮渊就走，没再多看祁寒一眼。

{叁}她才见过祁寒两次，见一次哭一次，真像是劫难。

颐宁嗓子烫伤后，大夫说她半个月内不能说话。连带着周家军营内，都安静了不少。营帐前来看望她的人排起了长队，都被周淮渊挡回去了。

周淮渊最心疼她，连每日的早课都给免去了。颐宁天天睡到日上三竿。只是麻烦依旧不断，祁寒指名道姓，让颐宁去给他引路参观戍城。

颐宁决定给祁寒点儿颜色看看，先带他去黄金城。

黄金城入口处隐蔽，在一座荒废已久的学堂里面。

学堂前面挂着两盏烛火昏黄的小灯，在布满蛛网的屋檐下摇晃，四周漆黑，枯萎的梅花树横尸在旱井旁，透着阴森和诡异。

颐宁白天派人给祁寒送信，约好在这里见面，说今晚就带他去领略一下戍城的风土民情。祁寒是准时到的，身边还是带着一个侍卫。

颐宁手舞足蹈地比画，说不能带侍卫和武器进去，否则会被看门人拦住，不予通行。

祁寒倒也爽快，嘱咐身后的人："你留下。"

"太子爷，这……"

"无事。"祁寒看向颐宁，"有周姑娘在，你还担心我回不来吗？"

颐宁暗爽，心道我整不死你！

两人一前一后地往学堂后的竹林中走，颐宁不知触动了哪块假山上的机关，霍然打开一道暗门。

颐宁右手提着纸灯笼照路，左手牵着祁寒的袖角。

她怕祁寒半路打退堂鼓，落荒而逃。好在这次祁寒由着她，没再罚她喝热茶，一双深不见底的眸子闪过一丝不可捉摸的情绪。

那是一条幽长狭窄的隧道，仅容两个人通过，悄然寂静，偶然响起滴水的声音。弯弯绕绕，约莫走了一刻钟，前方隐约传来光亮。再往前走百来米，已经可以清楚地听见鼎沸的人声。

颐宁朝祁寒比画："到了。"

两人经过三道关卡的检查之后，终于顺利地入内。

视线豁然开朗。

黄金城内别有洞天，放眼望去最瞩目的是头顶和四周金碧辉煌的各种灯饰，和聚拢在赌桌前里三层外三层的人。时不时听见有人突然发出一阵癫狂大笑，或是哀声痛哭。

有人在这里赚得金银满钵，有人在这里倾家荡产，甚至有来无回。

颐宁没有事先告诉祁寒，这里有个不成文的规矩，如果输光了钱还欠下了债，可得用命还。

祁寒出手阔绰，比颐宁预想的更疯狂，大把大把的银票掏出去，接连不断，颐宁看着都有点儿可惜。她知道，黄金城里的气氛很容易感染人。一旦进入这个环境当中，所有人都丧失了理智一般，赌红了眼，满心满意地陷进去，无法自拔，如同上瘾。

祁寒的赌技并不高明，抑或说，祁寒根本不懂赌博。

颐宁原本只是想让他输光钱财，解解气，但事情的发展远远超乎她的意料——

祁寒输光之后，没能及时收手。

最后一把，他想要力挽狂澜，买定离手，押了一把大的。

骰子一开，颐宁知道完了。

祁寒倒欠庄家黄金三千两。

祁寒已经身无分文，颐宁钱袋里只有一张五百两的银票，还是攒了好久的私房钱，这时候就算她肯无私奉献地拿出来，也救不了祁寒。

给不出钱的结果就是祁寒被六个彪形大汉带去密室行刑。按规矩，三千两黄金该卸掉他一双腿，外加一只手。

颐宁有点儿慌了。

祁寒看着眼前银光闪闪的铡刀，像是突然清醒，终于从赌桌上回过神，偏头问颐宁："这便是你带我来这里的目的？"

颐宁觉得那目光里都是刺，扎得她生疼。

事已至此，她百口莫辩，也说不出话，只是急得团团转。关键时刻想把祁寒太子的身份搬出来唬人，但没有人会相信。

颐宁心急如焚地想对策，祁寒已经被带到铡刀前，全身被铁链禁锢好。

铡刀落下的那一瞬，颐宁只觉得眼前一阵发黑，头晕目眩。她猛地扑上去，抱住祁寒的双腿，双眼紧闭。

疼痛却迟迟没有降临。

"好了，没事了……"

半晌，祁寒的声音从头顶传来，一贯冷淡的声音中带着不可思议的温和。

颐宁睁开眼睛，发现自己和祁寒均毫发无损，黄金城中戴高帽的管事领着人匆匆朝这边赶过来，众人"扑通"一声跪下，齐声道："叩见主子。"

颐宁之前听周淮渊告诫，说陈塘的诸位皇子当中，数辰妃之子祁寒最为深不可测，只手遮天。

到底还是低估了他。

哪能想到他竟只手遮天到这个地步，离皇城万里之遥的戍城，隐晦的地下黄金城，会是他的势力。

颐宁这才明白过来，自己被反将一军，遭祁寒算计了。

她脸上泪痕未干，到底还是个十多岁的小姑娘。她才见过祁寒两次，见一次哭一次，真像是劫难。

她想，大抵她上一世罪孽深重，这人是上天派来惩罚她的。

{肆} "周颐宁，我娶你。"

颐宁嗓子好了以后，说的第一句话是对祁寒说的。她说："普天之下，你是我第二个讨厌的人。"

祁寒问："第一个是谁？"

颐宁说："北羌王。"

北羌王和周家军对峙数十年，威胁着陈塘边境的安全，颐宁每每听到北羌王的名字都要皱眉，恨不得把他们打得落花流水。

原来自己在她心中已经到了这样深恶痛绝的地步。祁寒自嘲地想。

"既然如此，那日，你为什么要替我挡刀？"

"我没有！"

"你扑上来了。"

"我我……我那是可怜你！你的腿要是没了，我大哥会打死我的！"

"是吗？"

"当然！"

那日，为什么要扑上去替他挡刀呢？

颐宁自己也想不通。祁寒离她很近，锦衣墨袍，玉冠束发，塞外长河落日染红万旦戈壁，却比不过他眉眼浅淡，惊鸿一瞥。

兴许，只是她的鬼迷心窍。

祁寒在戍城待了两月有余，终于要启程回宫。这两个月里，颐宁简直成了他的小厮，被他好一番折腾，生生掉了几斤肉。

祁寒走的前一天晚上，和周淮渊在营帐里商量些什么，颐宁只断断续续偷听到几个字眼。

"北羌王？"

颐宁挠挠头，北羌又来犯事了？

祁寒掀开帐幕，把颐宁抓了个正着。颐宁仰头，负手看月亮，吟诗一首："举杯邀明月，对影成三人……"

祁寒拽着她就走，一路走到荒凉的半山坡，乌鸦在树梢上叫。

颐宁心里忐忑，默默观察身后的退路，琢磨着祁寒是不是临走之前想解决了她，然后抛尸荒野。

"你嫁给我吧。"

祁寒当头一棒，敲得颐宁找不着北。

"你说什么？"

祁寒换了一种说法："周颐宁，我娶你。"

颐宁知道这人从来不按套路出牌，跟在赌桌上一样，押大押小全是心血来潮。但这回，赌得委实有点大。

颐宁丢了魂，后来不知怎么回的营帐，发现周淮渊卸了一身铠甲，坐在桌案前等她，手里拿的是她平日里用来打发时间的黑白棋子，凑在油灯下，细细把玩，这才有了几分少年人的模样。

"回来了？"

"嗯。"

"太子都跟你说了什么？"

"他说他要娶我。"

周淮渊并不意外，一字一句刺在颐宁心上："周家功高盖主，祁寒此次微服私访不过是奉皇帝旨意，前来察看……他不娶你，以后怎能牵制周家？"

一颗颗的橡木棋子已经被周淮渊用手指焐热，交到颐宁冰凉的掌心。

"颐宁，你想清楚，有我在，谁也不能逼你。"

"大哥，你知道一见钟情是什么滋味吗？"颐宁反问。

周淮渊忽而明白了。

颐宁喜欢祁寒。

再如何伪装，到了如今这个地步，她不得不承认这件难堪事。尽管祁寒因为阴谋娶她，处处为难她、算计她，可是她没有办法。

情字不由人。

戍城里，长逢街，她拦路抢劫，祁寒心中有千机万巧，第一眼注意到官府府衙，而她看到的不过是日光之下莹如冷玉的一张侧脸。

"我们颐宁长大了。"周淮渊声音喑哑。帐外风戸呼啸，烛火微茫，险些被吹熄。

{伍}"祁寒，我猜不透你，但我已经不想管那么多了。"

颐宁入宫。

从黄沙漫天的边塞到杨柳依依的富庶之地，送嫁的队伍颠簸了一路，抵达皇城的那天下了一场大雪，天寒地冻。

颐宁从马车上往外望，远远看见祁寒站在城墙内等她，眉眼看不太真切。

等她走近了，看清楚了，他已经被雪覆白头。

"祁寒……"她刚开口，就被旁边又尖又细的老太监打断："大胆，竟敢直呼太子殿下的名讳！"

颐宁才倏然察觉，这是皇城，处处都得守规矩的皇城。

这里没有成城的自由自在，这里没有她振臂一呼就从四面八方赶过来支援的朋友，没有护着她的周淮渊。

她孤立无援，身边独站着一个祁寒。

祁寒若不护着她，她便真的从此无依无靠。

好在祁寒没有太辜负她，亲自牵着她的手走进深宫，无异于向所有人宣告她的身份。

颐宁成了东宫太子妃。祁寒对她很好，好到有时候她会忘记，祁寒不过是因为她背后的周家才对她这样好。

来年春暖花开之际，祁寒带着颐宁在东宫的院子里撒了许多扶生花的种子。

祁寒说，这是世上最磨人的花。早春撒种，每日午时用泉水浇灌，二十天后就盛开，大朵大朵拥簇绽放，妖娆绯红的颜色，比心头血还要艳，连成一片像苍穹之下最绚丽的晚霞。翌日，便会迅速枯萎凋谢，再想见，只得又等上一年。

祁寒一脸淡漠，把所有人赶出院子，回头把门一关，和颐宁脱了靴子，把长袍别在腰间开始翻地、浇水。

颐宁想起初见祁寒时讹了他一百锭金子，结果却被罚喝一杯沸水。那时觉得祁寒多半是个暴君，性格阴晴不定，如今她陪他锄草种花，觉得最好的时光就在眼前。

她笑着看他，美好如同黄粱梦。

烫坏她嗓子的祁寒，牵着她走过漫漫冬日的祁寒，机关算尽深不可测的祁寒，眼前这个温和的触手可及的祁寒，到底哪个是真的，哪个是假的呢？

两人坐在屋檐下歇气的时候，颐宁从腰后摸出一个牛皮水袋，拔开塞子喝了一口之后，递给祁寒。

"这是我从戍城带过来的好东西。"

祁寒也尝了尝，是烈酒。

他忍受着歌喉的痛感，肺腑顿时宛如刀割，雪白的脸色被呛得渐渐泛起红晕。他三掌忍耐地握成拳，又缓慢松开，平复之后对颐宁露出一个晃眼的笑："确实不错。"

他挺秀的鼻梁上蹭了一点儿灰，绣着祥云暗纹的白色衣衫恣意凌乱，袖子和裤脚高高挽起还未放下，整个人显得有些不修边幅，在颐宁眼中，一切恰到好处。

墨黑的发被风一吹，一丝一缕地吹拂着掠过她眼前，她的脑里"轰"的一声炸响了，扔了酒袋，双手环上祁寒的颈脖。

她说："祁寒，我猜不透你，但我已经不想管那么多了。"

然后，她开始吻他。

颐宁没想到，祁寒是个纸老虎，一推就倒。

情形瞬间发展成她压着祁寒，躺到了地上。长发披散，衣襟半敞，她光着脚丫在微凉的地砖上磨蹭，趁酒劲翻涌，意识尚不清明，慢慢缠到祁寒腰间。

身后是半亩花田，二十天后开至花尽，宛如一场盛宴。而此时她头顶有和煦的日光，婆娑的树影，醉人的午时风。

{陆} 若我死了，阿宁，你该怎么办呢？

那日之后，祁寒大病。

御医说是因为饮酒，旧疾复发，还望太子妃多多照看，管着点儿。

"旧疾？"

"莫非太子妃还不不知道？太子的住处，每年都要种上半院子的扶生花，便是治病用的。"

颐宁当然不知道。

祁寒从未对她讲过，他的生母辰妃当年艳绝后宫，荣宠数十载，怀上他之后便被人下了剧毒。

辰妃生祁寒时难产而死，祁寒自幼身体孱弱。

颐宁无法想象这样一个孩子是如何在深宫中成长至今的。多年韬光养晦，现在连皇帝也要忌惮他。

半月后，祁寒大病初愈，刚能坐在院子里晒太阳，皇帝的圣旨又来了。边疆战火重燃，北羌来犯，皇帝令太子率领大军前去支援周家军。

那晚常常跟在祁寒身边的那个侍卫对颐宁发了一通脾气："每次太子爷一生病，皇帝就逮住机会给他派遣差事，恨不得折腾死他，让他有去无回，你倒好，尽惹祸，还害太子爷生病。你到底是何居心？"

颐宁端着药碗，站在廊上愣了好一会儿，才回过神给祁寒送去。

祁寒看兵法，一目十行，头也不抬，扶着碗沿眉也不皱地把浓稠的黑色汤汁灌进去，她不知为何有点儿心疼他。

"你不怕苦吗？"她问。

"不怕。"

"怕疼吗？"

"不怕。"

"那……你怕什么？"

轩窗外都是拖长的日影，正值扶生花期，空气中满是浮动的暗香，祁寒的声音泛起一丝波澜，有些低："我怕死。"

颐宁一愣。

"若我死了……"他话说到一半，剩下半句再难开口。

若我死了，阿宁，你该怎么办呢？

｜柒｜**"祁寒，你置他于死地的时候可曾想过我？"**

祁寒说他怕死，重崖关一战，他确实平安。

战死的是周淮渊。等到颐宁赶过去，人已经尸骨无存。周家军三千铁骑披麻戴孝，驻守在陡峭的断崖上。

这场持续了六个月的战事，击退了北羌进犯，但陈塘将士也损伤惨重。重崖关一役，周家军中埋伏，派人杀出重围向太子祁寒请求支援，但支援的军队迟迟不到。

祁寒说，他没有收到周淮渊的求救信。轻描淡写，将过失撇得一干二净。

颐宁想，她怎么又轻易地被祁寒骗了？差点儿相信了他。周家痛失周淮渊，从此一蹶不振，哪里还需用她来牵制。

她对祁寒而言，已经作用不大。

连见他一面，都很困难了。

　　她站在营帐外，门口重兵把守，门帘底下漏出一线细微的烛光映在地面。

　　"祁寒，你敢不敢出来见我？长兄如父。周家收养我数十年，周淮渊待我亲如手足，祁寒，你置他于死地的时候可曾想过我？"

　　颐宁的声音越来越低，低不可闻，不知等了多久，里面没有回应。

　　以后多半也不会再有回应，她四肢百骸泛起寒意，终于肯转身往回走，走了两步就倒下，昏迷过去。

　　随行的太医检查出来，颐宁有了身孕。

　　从边塞回去之后，她搬去东宫最冷清的小苑，没有再见过祁寒一面。她养胎，不关心外面云谲波诡的政变，性情变得很安静，和一年前的颐宁已经判若两人。

　　周淮渊若还在，兴许也会认不出她。

　　她花了十来天的时间，给肚子里的孩子取名字，单名一个"誉"字。再花第二个十来天，许多个十来天，亲手缝制孩子的衣裳和鞋袜，时间也不算太难熬。

　　祁誉出生的前一个月，老皇帝倒台，祁寒继位，改国号为长宁。颐宁顺带做了个便宜皇后，只是她身体不便，连封后大典也没有参加。

祁誉渐渐长大，模样可爱，眉眼间隐约有了祁寒的影子。这时候，颐宁已经快忘了祁寒原本的样子。

她还住在老地方，三面青竹环绕，不再种扶生花，外面的任何动静都惊扰不了她。

深秋时一场冷雨过后，她患上伤寒一病不起，药石罔顾，在隆冬日病危。

魂魄却不肯消散，如有夙愿未偿还。

〖捌〗"把她交给我，日后，我会护周家周全。"

这日，颐宁梦中看见了周淮渊，一阵恍惚地笑，问道："大哥，原来鬼魂之间是可以相互看见的吗？"

周淮渊道："颐宁，你别再骗自己了……"

"骗自己？"颐宁不解，"你说什么？"

周淮渊拽着颐宁往屋外走。颐宁挣扎："你干什么？鬼是见不得光的，你要害我灰飞烟灭吗？"

日光覆盖在她在身上，她感觉到身上的皮肤仿佛在一寸一寸地被灼伤、溃烂，疼得大声尖叫。

周淮渊狠下心，把她捆在檐外的石柱上曝晒，又冲进屋内拿出一面铜镜。

"鬼是没有影像的，你好好看看，镜子里是谁！你好好看看，你究竟会不会灰飞烟灭！周颐宁，这一切都是你臆想出来的，你根本没有死！"

颐宁看着镜子里披头散发疯疯癫癫的女人，傻傻地露出一个痴笑，反问道："没有死？你胡说，祁寒都替我举行葬礼了，我明明看见了……"

"那是他自己的葬礼。我没有死，你没有死，死的是他！"

颐宁僵硬着笑，身体一震，万千利刃穿心而过，灭顶的悲恸把她从虚幻的梦境中唤醒。她确在深秋患上伤寒，不过并没有到药石罔顾的地步，她亲自去太医院拿药，半路看见了死而复生的周淮渊。

如遭雷击。

一时分不清真假，也分不清是高兴，还是震惊。

她跟着周淮渊去了御书房，在门外偷听到许多消息。譬如祁寒娶她的初衷，和周淮渊的诈死，都另有隐情。

当初在祁寒微服私访到戍城之前，周淮渊对颐宁的婚事已有打算。他预备把她嫁去和亲，嫁给她世上第一讨厌的北羌王。

周家的儿女身负重任，周淮渊不能心软，祁寒却和他做了一笔交易——

"把她交给我，日后，我会保周家周全。"

祁寒想，无论如何，他总能好好护着她的，免她流离失所，免她一生颠沛。他想要对她好，舍不得她知道真相，宁愿她误会他。

周家军是先帝最大的忌惮，周淮渊动了心，决定信祁寒一次。

果然在重崖关上，先帝人马要让周家军队全军覆没，消除心头大患，是祁寒事先识破，安排一出假死，骗过先皇。

门内，祁寒在向周淮渊托孤："我死后，阿宁只剩下誉儿相依为命。她曾说长兄为父，你辜负过她一次，别再伤她第二次，我要你护她后半生无忧无愁……至于我……至于我……罢了，她兴许已经忘记我了……"

颐宁捂住嘴巴痛哭流涕，一墙之隔的祁寒已再无声息。

自那以后，颐宁伤寒加重，梦幻颠倒。

她不愿意接受现实，活在自己臆造的梦中，祁寒没有死，只是负了她。

昔日戏言身后意，今朝都到眼前来。

她曾和祁寒谈及生死，十指相扣，仿佛什么都不畏惧。世事无常，如今独独剩下她，她什么都害怕。

"祁寒，倘若我真能忘记你，就好了……"

陈塘夜话·思匪

他还在陈塘宫中，苦苦等他的小夫子如往昔那般，
踏月而来。却不知道，他的小夫子已经葬在了遥
远的西南边陲，永远也不会再回来。

{壹} 朕的夫子怎么还不来？

祁誉十七岁生辰那天，陈塘举国同庆。

浒溪江上游江的画舫都比平日里多了一半，梨园的戏连唱三
天，昼夜不歇。城内歌舞升平，大街小巷热闹非凡。

宫里的宴席摆在御花园。

祁誉和两个小宫女在那儿扑蝴蝶，笑得春光灿烂，他说这一
处风景好，芙蓉花都开了，还请各位大臣也好好赏一赏，今晚不
醉不归，只准被抬着出宫，就别想走着出去了。

几位年纪大了的老臣经不起折腾，背过身去叹气，简直胡闹！

一国之君，没一点儿正经的样子。

大家转眼望望席上，能让皇帝有几分忌惮的周丞相不在，众人束手无策，只能捋起胡子，拼了老命把酒干了。

祁誉这副荒唐样儿，是被惯出来的。

先皇当年病逝后不久，皇后颐宁也失踪了，有人说她早已随先皇长眠墓中，生同衾死同椁，只留下祁誉一个孩子。好在身边还有个弃武从文的丞相周淮渊，一直护着他。

祁誉登基的时候，还是个堪堪走得稳路的娃娃，如今终于长成了少年。只是他自己不怎么争气，脾性暴虐，又阴晴不定的，不得人心。听说连冷宫树林里蹿出来的野猫，也要绕开他走的。

这些年没有建树，他只顾着吃喝享乐去了。比起先皇筹谋天下的气概，差了不止一丁半点儿。但这话，又有谁敢明目张胆地说出来？

将近亥时，祁誉总算醉了。

他卧在花丛里，衣衫不整，满脸通红，五指还持着个晶莹剔透的白玉壶，被两个宫人抬去了寝宫歇息。

如此，今日的晚宴作罢，底下尚且还醒着的大臣跟逃命一样跑了。

　　毓凤殿的两扇门合上，祁誉睁开眼睛，一片清明，完全不见半点儿醉意，方才那个醉生梦死的人仿佛不是他。

　　轩窗敞开，宫人点燃了安神的香炉，袅袅白烟升起。祁誉朝外面的夜色望了一眼，向身后的人问道："夫子来了吗？"

　　忠禧是一直留在他身边照看的老太监，多少摸得清他的脾性，这会儿胆战心惊地回禀："还不见思夫子的踪影。"又见祁誉立在窗前不动，准备劝两句，"皇上，天都这么晚了，您看……"

　　祁誉神色淡淡，吩咐道："再去拿两坛酒来。"

　　"这万万使不得……"忠禧劝诫。

　　祁誉冷沉沉地一笑："怎么，还真怕我醉死不成？"

　　忠禧低下头，不敢再多嘴说半句话。

　　祁誉一跃而上，在屋顶坐下。

　　月明星稀，他开了一坛去年春天埋在桃花树下的扶生酒，不远处的天空下，还有烟花升腾而起，复又寥落，消失无痕。夜已深，宫墙之下，除了巡逻的侍卫，不见有其他人的踪影。

　　酒越喝越闷，祁誉自言自语："朕的夫子怎么还不来？"

　　尘土飞扬，思匪一路疾驰，拿着令牌直通向皇宫，下了马，奔向毓凤殿。

忠禧早早等在门前候着她，看见她像看见了救星一样，热切地迎上来："思夫子，您可来了，皇上都等您大半宿了……"

"人呢？"思匪一边解开头上的纱巾，一边问。

忠禧指指偏殿的屋顶，压低声音："在上面喝闷酒呢，劳烦您赶紧去劝一劝吧，他总归会听您的。"

思匪皱了皱眉，把纱巾递给忠禧，一头墨黑的长发染着微凉的月光。她不顾路途颠簸疲惫，直接脚点那棵枝丫伸展的香榧飞身上去。

祁誉听见身后的动静，回过头来，脸上露出点儿笑："终于把人给盼来了。"

祁誉的笑容带着几分稚气，脸颊两侧陷进去两个浅浅的梨涡，看得思匪心头一软，又听祁誉开口说："我以为你今天不会来了。"

思匪在他身旁坐下，拿过他怀里的酒坛，似是叹息："你在等我，我又怎能不来？"

祁誉之前不敢醉，思匪来了，他却敢了，只要她在，他便无需设防。这一刻任凭酒意涌上来淹没自己，他偏过头，枕在思匪膝上。青丝一泻而下，投下的影子像攀长的蔓草，落在思匪脚边。

"夫子……"他的声音醉醺醺的。

"我在。"思匪答道。

"夫子……"

"我在。"

"夫子，有一天你也会离开誉儿吗？像父皇和母后那样……"

他的眼睛里坠入了星河与星光，泛着水雾，思匪用手掌心轻轻掩住，轻声道："只要你需要，我便一直都在，替你守万里河山。"

像是终于等到了满意的答案，祁誉闭上眼睛，沉沉睡去。

｛贰｝你最想要的是什么？

翌日清晨，祁誉在毓凤殿中醒来，他大声叫人，忠禧立即走进内殿。

"夫子呢？"祁誉急急地问。

忠禧连忙道："皇上别急，思夫子没走，正在殿外练剑。"

祁誉这才安心，穿了外衫就推门出去，只见前方的地上铺了一层细碎的竹叶。思匪手中的剑每在空中挥舞一次，周遭的树木就开始落叶，如满天飞雪般，簌簌落下。

祁誉干站着，也不上前打扰。思匪收了剑问他："学会了？"

祁誉故意道："弟子资质愚钝，还得辛苦夫子多教几次。"这十几年来，思匪行踪不定，祁誉为了留她，总是什么借口都找得出。

思匪只当他是真的不会，点点头："我听说周丞相这阵子不在朝中，没人能管得了你，我要是走了，你该无法无天了。"

祁誉求之不得，双手拢住袖子，微微一鞠躬笑道："还请夫子赐教。"

等祁誉上完早朝，思匪原本想要考祁誉功课，祁誉却另有打算："夫子还欠我一样东西。"

思匪愣怔。

祁誉道："十七岁的生日礼物。"

暮春时节，朝阳冉冉升起，路上的行人和马车渐渐多了。思匪和祁誉并肩走着，万万没有料到祁誉索要的礼物竟是陪他城郊一日游。

菩提寺建在巍峨的山顶，两人慢慢沿着山路走上去，祁誉特意领先了两步，又在长阶上停住，朝思匪伸出手来，执意要牵着她走。

"你这是做什么？"

"我长大了，想孝顺自家夫子，怕她累着，不可以吗？"

两人僵持不下，最终是思匪妥协，她哭笑不得地把手放入他掌心。

约莫是因为天气好，这一日外出踏青的人不在少数。半山腰搭建的小茶寮里，坐了不少人。

祁誉和思匪坐下来歇气，邻桌传来声音："你们听说了吗，传闻先帝去世前，留下来一笔宝藏……"

这种说法已经算不上新鲜，早在祁誉继位之初，民间就流传有宝藏之说。

有人说先帝给祁誉留的是一座地下黄金城，可保陈塘繁荣昌盛；有人说是一个锦囊妙计，以备祁誉不时之需；还有人说是一把神兵利刃，能让祁誉战无不胜……

总之，说什么的都有。

这种说法，有人相信，有人不信。朝中的臣子、各地的藩王，却不得不忌惮。

祁誉听罢，捏着茶盏朝思匪笑了笑："原来父皇给我留了好东西，可是我怎么不知道？"

思匪问他："你最想要的是什么？黄金城、锦囊，还是神兵利刃？"

祁誉看着她，她身后的青山被烟雾笼罩，丛林深处掩映着望不见底的万丈深渊。

他最想要的是什么。

"山河永固。"

思匪还未说话，祁誉又说："但这很难。"

"朝堂之内，我真正敢放心的，只有周丞相；朝堂外，只有你。"他们二人，都是由先帝钦定的，一个是丞相，一个是夫子，等同于祁誉的左膀右臂。

祁誉回忆昨晚宴席上的情形，唇边一抹讽意："除却你与丞相，这世上有多少人对我是真心实意的？他们都说我行事荒唐，毫无一国之君的风范，可又有多少人巴不得我是真的荒唐糊涂？"

思匪叹了口气。

她将目光收拢，盯着杯中一片舒展沉浮的茶叶，低声道："誉儿，你知道自己想要什么，天底下没有几个人能比你更清醒。"

他们在茶寮里耽误了不少时间，到达菩提寺时将近晌午。在寺庙后院里用了素斋，思匪又去佛堂里拜了一拜。

每逢初一、十五，寺里会有戏班子来搭台唱戏，这日也正好赶上。思匪似乎很感兴趣，站在人群边缘津津有味地看了许久，祁誉不知从哪里找来两根编织好的红绳。

"这是方丈送的，说赠予有缘人。"

祁誉看着思匪，思匪看着台上抛水袖的戏子，两人都专心致志。

他见她看得出神，太过认真，亲自执手给她戴上，寺庙殿堂中的环香一截截燃尽，灰烬簌簌掉落，缀在两人的发间和衣襟。

思匪回过神，看见腕上多出的红绳，也没多说什么，目光不经意间带着纵容。锣鼓声停了一阵，复又响起，咿咿呀呀地吊着嗓子唱："本是些风花雪月，都作了笞杖徒流，谁留痴心在，梦中恐与君别离……"

寺外忽然响起了不寻常的动静，有几个官兵打扮的人冲进来，在人群中寻到祁誉，递上一封信函，是周淮渊的笔迹。

祁誉一看，有些遗憾地对思匪说："今日怕是没办法偷懒了，丞相回来了。"

｜叁｜夫子是不是天上的仙人?

祁誉和思匪赶回宫中，隔着养心苑的一丛稀疏灌木，远远看见周淮渊坐在屋檐下，忠禧正在给他沏茶。

风尘仆仆、满鬓风霜，他估计没有去自己府上歇脚就进了宫。

祁誉放重脚步迎上去，笑道："丞相，别来无恙。"

对周淮渊这个人，祁誉除了尊重，还是有几分忌惮的。

周淮渊本是武将，带领周家军保卫疆土，后来得到先帝重用，不知怎的就弃武从文，一心一意地担起了丞相一职，辅佐朝政。祁誉幼年继位之际，周淮渊便开始操持朝中大小事务，少有差错，可见此人手段了得。

这次他远赴西南边陲，也带回不少收获。

周淮渊起身，朝祁誉行了个礼："皇上，臣有要事禀报。"

墙上的山河地理图展开，周淮渊直指陈塘国土的西南角上的一点："凤鸣族要反了，他们归顺是假，决意起兵是真，族中长老已经在谋划夺我关武、嵊中两座城池……"

凤鸣一族深居西南，依仗天堑和地险，鲜与外界往来，族中沿袭的还是野蛮的奴隶制度，多年来固步自封，势力渐微。

他们与陈塘原本井水不犯河水，但近年多灾害，饥荒泛滥，这才起了歹心。

"皇上，不如先发制人，举兵南下。"周淮渊提议。

祁誉若有所思。

祁誉御驾亲征，留下周淮渊代理朝政，领着几万人马浩浩荡荡从皇城出发了。思匪没有与他同行，独自一人，牵着一匹白马，和军队背道而驰。

她素来不受拘束，犹如闲云野鹤。说到底，她也只是祁誉一人的夫子，算不上陈塘的朝臣。

当年先帝有恩于她，她临危受命，答应教授祁誉一身本领。先帝曾说，这天底下，论谋略、论才智、论城府心计，百年之内再难有第二个思匪。

祁誉却从小只当思匪是个寻常人。

她陪度过他一个又一个春秋，却从不曾真正留在他身边。

皇宫是困不住思匪的。

于祁誉而言，她是师，是友，是知己，是……得不到的良人，是一团永远猜不透的谜。

她身世不明，不知从哪里来、家住何处，甚至谁也问不出她的年纪。时间流淌而过，祁誉长大了，周淮渊老了，她却还是当初的模样。一袭黑衣，冰雪镌刻的清冷容颜，笑的时候如同有雾霭散开。

"丞相你说，夫子是不是天上的仙人？"小时候，祁誉便这样偷偷问过周淮渊。

周淮渊把他牵到桌案前，《国策》《兵诡》《天道》依次在他面前摊开，考他功课，良久才摸着自己的胡子叹息："她也不过是个俗世的可怜人罢了。"

那时的祁誉不懂，谪仙一般的思匪，怎么称得上可怜。

{肆} 那她和傀儡又有什么区别？

祁誉领兵出征，几个月过去，西南边境却迟迟没有动静，几万大军如同失踪了一般，不见战火燃起。

举兵南下，却不进攻，没有人知道祁誉这次打的什么算盘。

他穿着粗布衣衫，混在一群贩盐的商人中，顺利走过天堑，踏进凤鸣一族的地盘。他们依山而居，碰上赶集的日子，大家便聚在一起进行交易。

祁誉发现，贩卖的物品中，竟还有人，多数为幼童和妇女，被关在笼中，明目张胆地标了价码。

在这边，家奴是可以公开买卖的。

而陈塘早在百年前的改革中就已经杜绝了这一非法现象，提倡人权，相较之下，凤鸣落后了百年不止。

祁誉一边走一边观察，暗暗惊心，前方忽然响起缥缈的琴声，集市上闹哄哄的凤鸣族人不约而同地跪下，匍匐在地。

同行的盐贩头子拉了祁誉一把，藏身于旁边的箩筐后。

祁誉好奇地抬眼，只看见四个衣着暴露的女子抬着一顶竹辇走过，竹辇上坐着一个火红的身影，戴着一张白玉面具，把脸庞遮掩得严严实实。

"刚才那是什么人？"事后祁誉问起。

盐贩头子说："凤鸣族的圣女，你没见过吧？想不想去长长见识，我有门路。"

祁誉会意，递过去一张银票，对方笑吟吟地收下了。

傍晚时分，祁誉便以随从的身份，跟在盐贩头子身后进了一处富丽堂皇的府邸。

府邸的主人是凤鸣族的族长，他历来与陈塘的几位商贩结交，互利互惠。祁誉站在一侧，默默观察。晚宴开始之前，圣女才姗姗来迟。

红衣和面具，她依旧是祁誉白天看见的那副模样。

奇怪的是，她只是在族长旁边的主座上坐了一坐，话不曾说，酒不曾喝，如同木偶一般。一盏茶的时间过后，她又施施然退了场。

祁誉低声问："这是怎么回事？"

盐贩头子道："凤鸣族的圣女在人前是不能说话的，她仅仅代表凤鸣族，却不能统率族人，真正能够当家做主的是历代的族长。"

祁誉挑了下眉："那她和傀儡又有什么区别？"

席上的一干人酒意正酣，祁誉不动声色地溜了出去。府中无比奢华，假山楼阁落错，互为映衬，他一身黑衣隐在夜色里穿梭，前方转角处，却有人刻意在等他。

圣女红色的裙裾在风中猎猎飞舞，手中灯笼光芒微弱，如一盏萤火在春寒料峭的夜里闪烁，她形如鬼魅，生生让祁誉止住了脚步。

"公子，可否借一步说话？"

面具之后传来她的声音，音色低沉沙哑，全然不似成年女子的音色，处处透着古怪。

她见祁誉站着不动，朝他福了福身："陈塘皇帝大驾光临，若不嫌弃，可否随小女去寒舍小坐片刻？"

她竟知晓他的身份？目的何在？

藏于暗处的影卫伺机而动，等待祁誉一声令下，杀人灭口。未想到他却饶有兴味地望着面前的红衣女子笑起来："那朕便随你走一遭。"

凉风席卷万物，发出凄厉的嘶吼。

凤鸣族中受万人朝拜的圣女，这是她第一次向别人下跪："求皇上救凤鸣百姓于水火之中。"

凤鸣一族多年以来停滞不前，族中还保持着原始野蛮的习俗，族人因循守旧，裹足不前，迟早要被外族侵占屠杀。

"再这样下去，要不了百年，凤鸣一族将会不复存在。"

"圣女何以妄自菲薄？"祁誉视线锁住了那张面具，似乎像从中窥探出一丝端倪，心中始终有种熟悉的感觉萦绕。

"我并未夸大，就拿最近的一件事来说，今年洪涝过后便是春旱，族人要浇灌禾苗，从山顶的深潭中取水，只能一桶一桶地提下山，他们竟然不知道还有水排、水车一类的引水工具，只懂用蛮力，一天之内活活被累死的就有三人……他们只知强取豪夺，活不下去了，想要攻占陈塘的城池，殊不知自己的矛和盾根本抵御不了人家的银枪羽箭。"

祁誉将她从地上扶起："你要朕如何帮你？"

"山人自有妙计，还望皇上成全。"

"朕能得到什么？"

"西南边境的安宁。"

｜伍｜预谋已久的告别

雕花柜门打开，她取出最底层的抽屉里的那套衣衫换上，面具取下来，露出一张冷如莹玉的脸庞。

思匪想，只是换一个打扮，她就能出去见他。

贴身的丫鬟劝她："圣女，这种时候您突然出现，就不怕惹人怀疑吗？要是被认出来了，可怎么办才好？"

思匪想了又想，决定纵容自己一次，唇边绽开明媚的笑："这怕是最后一次了，就让我好好见他一面吧。"

她说完，打开门，戴着顶深色的斗篷离开，头顶一轮银月高悬。

思匪最终在祁誉落脚的客栈里找到他。

桌上点着油灯，祁誉在察看地图，思匪从窗户口跳进来，笑道：

"要是周丞相看见这番景象，知道你这么用功，估计会很开心。"

祁誉惊讶："夫子怎么来了？"

思匪给自己倒了杯茶，浅浅含了一口："北边的雾凇没什么看头，我思来想去，还不如前来寻你。"

祁誉得意，撑着手肘在桌上，没个正经样儿："那是当然，雾凇哪有我好看，夫子不如来陪我。"

思匪笑："我怎么把你教成了这副厚脸皮？"

祁誉索性连图也不看了，把木椅挪到思匪对面："这个不用教，我天赋异禀，自学成才。"

他欣喜于思匪的突然出现，明知道其中有太多的疑点，却什么也来不及想。这时候，他满心满眼都是她，拉住她出门："夫子，我发现这凤鸣族中有个好去处，我领你去看看……"

那是一处泉眼，水面氤氲着雾气，思匪伸手一触，水是温的。

祁誉道："夫子体寒怕冷，这里又背风，泡脚正合适。"

"你是如何发现的？"连思匪自己也不知道凤鸣境内还有这样的地方。

祁誉附到她耳边，如同稚儿说着悄悄话："是影卫发现的，我让他们打探凤鸣族长的情况，谁知在他家后山发现了温泉眼。"

他满脸写着求表扬，身后若有尾巴，想必这时已经摇了起来。

思匪含笑，如他所愿夸赞了他两句，又脱了鞋袜坐在岸边的草地上，将双脚没入水中，脚趾踩在光滑圆润的石块上。

暖意瞬间涌来。

祁誉躺倒在她膝上，赖着不肯起来："夫子……"

"我在。"

"夫子……"

"我在。"

"为什么不问我这次南下有何打算，大军按兵不动，却只身进入凤鸣境内？"

思匪低头，无奈地帮他把头发理顺，眸中蓄满无奈，神色一如既往的温柔："誉儿，你长大了，已经能够自己筹谋盘算了。"

"那夫子可记得，陪在我身边有多久了？"

"整整十四年。"思匪的声音响在夜雾里，如同天际的浮云，忆起往昔，她也多了一份感慨，"十四年，便这样走过来了。"

祁誉侧了侧身，忽然间觉得安心，渐渐有了困意，喃喃道："日后，我们还会有更长久的时光。"

思匪但笑不语，再难开口。

祁誉昏昏欲睡之际，只觉有冰凉的水滴落在脸颊，他语气含糊地问："夫子，下雨了吗？"

思匪双肩一阵颤动，喉头咽下巨大的悲恸，声音几乎轻不可闻：

"是，下雨了。"她用手掌覆盖住眼睛，生生把那抹可疑的水光逼回眼眶。

这是她漫长的一生中，唯一一次失态。寂静得只剩下风声的夜，枕在她膝上的祁誉，被隔绝丛林外的风，还有无法回溯载满回忆的过往，她将一直铭记，珍藏于心，待她枯骨成灰，永埋地底。

只是她是他的夫子，哪怕这最后一次预谋已久的告别，她也始终无法将那句喜欢道出口。

｛陆｝朕的夫子，何时回来?

第二天，思匪又不见了，连祁誉身边的影卫都不知道她是何时走的。

祁誉没有时间去寻她，因为昨晚和圣女商议的好戏，今日即将上演。他站到了二楼的窗前，看见不远处的高墙堡垒之上，架起了木材。

圣女呼吁革故鼎新，不惜引火自焚，以此警醒族人。这是祁誉事先知晓的，如今亲眼目睹，还是对那个女子心生钦佩。

昨夜祁誉问她有什么办法，她说，族人愚昧，奴性根深蒂固。圣女是他们的神，如果信奉的神明死在他们面前，这教训才叫惨烈，这一记警钟才能唤醒他们。到时祁誉再出兵，将凤鸣一族收入麾下。她不想看到将来凤鸣族覆灭，生灵涂炭，不如归顺陈塘。

她只有一个要求，求祁誉善待她的族人。

当时，祁誉默许了这个提议。

于他而言，此举利大于弊，他没有理由要拒绝。

眼睛眺望那一簇熊熊燃烧的火苗，祁誉不知心中猝然之间翻涌的不安是何缘故，他触摸到右手手腕上的红绳，那日在菩提寺中，是他向方丈求的姻缘绳，本是一对。

如今，却无故突然断裂。

隔着那一段距离，也看不见圣女的红衣下、皓腕间，被大火吞噬的一线殷红的颜色。那是他亲自系上的相思扣，望与一人白头到老。

高墙下，哀泣之声不绝于耳，凤鸣族人跪倒在地，目睹着他们的圣女在烈火中化作灰烬。

事后，祁誉令影卫擒住族长等人，民众已经自然归顺。他收凤鸣一族于囊中，让凤鸣族人出天堑，与陈塘通婚，相互往来，融为一体，不费一兵一刃，便保西南边境平安，永无后患。

祁誉借此在朝中树立君威，收拢兵权，扫除朝内乱党。

他逐渐开创盛世，成为一代明君。

《山河异志》中有一残页记载，是关于古老的凤鸣族的描述。

书页上说，族中的圣女皆是由历代的族长用蛊虫喂养出来的怪物，她们异于常人，生长缓慢，不易衰老，却受制于人。

思匪的母亲是凤鸣族上一代的圣女，被蛊虫折磨至死之际，得先皇祁寒相救，因此有恩于思匪。为报先帝恩情，思匪便成了祁誉的夫子。

这些年，祁誉在深宫之中，靠着思匪给予的一点儿温情取暖。

殊不知，思匪却是仰仗着这点儿温情维生。是祁誉的相伴，才让她度过了最艰难漫长的岁月，他是她泥泞不堪的生命中闪烁的星火。

只是，圣女的存在，注定是错的，她们生来是傀儡，最终只有归于玉石俱焚的宿命。

自思匪后，再无凤鸣族圣女，这出悲剧也终于画上句号。

那一日，祁誉梦到思匪，深夜醒来，再难入眠，只有窗外一轮皓月当空。

她曾在和煦的春光下问他："你最想要的是什么？黄金城、锦囊，还是神兵利刃？"

他毫不犹豫地说："山河永固。"

可如今，他想要的已然得到，却不知自己失去了什么。

他不曾想过，他竹父皇留给他的那一笔宝藏，不是黄金城，不是锦囊妙计，也不是神兵利刃，不过是一个思匪，替他保陈塘安宁——山河永固。

他还在陈塘宫中，苦苦等他的小夫子如往昔那般，踏月而来。却不知道，他的小夫子已经葬在了遥远的西南边陲，永远也不会再回来。

那一年冬末，发生了两件大事。

祁誉立了后，大婚那日满天飞雪，他穿着红袍站在檐下，望着一处出神，似乎又想起了谁，无人敢上前惊扰；大婚之后不久，周淮渊猝然病逝，举国哀悼。合眼之前，他拽着祁誉的手说："颐宁，大哥终于可以来见你了……"

祁誉奔丧回宫，忽地有一瞬间，觉得天地浩大，而自己孑然一身。

雪还在下，忠禧持着竹伞，一路小跑着跟上来，替他遮挡风霜。

祁誉脚步一滞，转过身，眉间落了零星的雪粒，他不知第多少次向旁人问起：

"朕的夫子，何时回来？"

沉岁

＼

陆沉悄醒来，梦中言犹在耳，只是人已不在他跟前。过往种种，又如同沉烟消散。

｜壹｜喜宴

深秋的池水冰冷刺骨，陆岁被冻醒过来，发现自己正以一种十分诡异的姿势躺在地上，四肢弯曲，像一只癞蛤蟆一样趴着。

周遭很热闹，穿着大红衣裳的丫鬟来来往往，但好像都看不见他，没一个肯搭理他，好像他是死了的，不存在的人。

尽管，他是名正言顺的七皇子。

陆岁花了片刻才想起来，自己好像是一个不慎，掉入了太子府的荷花池。还好池水浅，只齐他的膝盖，就算岸上无人援手搭救，他也能自己爬上去。

　　只是爬上去这样简单的事情，他却花了整整三个多时辰才成功，还把自己累得晕厥。对常人而言，只需纵身一跃，他却这样费力。

　　他是天生的病秧子，是月见国最小的皇子，是容颜绝艳的玉面公子，是心肠歹毒臭名昭著的恶人。

　　月见国的很多人提到陆岁，都会露出相当矛盾的表情，既不想让他活着，又舍不得他死。所以大都抱着听天由命的态度，且看老天能让他活到几时。

　　陆岁这天独身一人来太子府，是要来喝太子喜酒的。

　　只是他爬上岸耽搁了三个时辰，新人早就拜完堂了。太子陆沉梢站在酒席上敬酒，一身红衣似火，看见浑身湿透站在门外的陆岁时，浑身一僵。

　　陆岁却旁若无人地朝他走过来，身后留下一串湿漉漉的脚印，扬唇笑了笑："三哥，你今日大婚，我来不及备礼。你说你要什么，我立即回去让暗卫帮你取来，是要兵部尚书的一对招子，还是户部尚书的一只胳膊，或者是……"

　　"阿岁！"陆沉梢打断他恐怖的言辞。

　　陆岁却笑得开心，说："这样的礼物不好吗？那些人跟你作对，我就把他们都砍了。"

　　"闭嘴！"

陆沉梢一声怒喝。敢这么吼陆岁的人，全天下不超过三个，陆沉梢就是其中之一。

陆沉梢一把拽过陆岁，为防他继续出言不逊，众目睽睽之下，直接把人拖出了设宴的厅堂。

两人来到了太子府上僻静的竹园中。

陆沉梢脸色不太好，质问道："你到底想干什么？"

陆岁的单衣湿透了，黏在身上，寒意渗透到骨子里去。声音忽而低了，他说："三哥，要是在你以前，你第一句话肯定是问我衣服怎么湿了、冷不冷，哄着我赶紧回房换衣服……可现在，却变了……"

陆沉梢眸中一暗。

陆岁又说："你不要我的贺礼，那我能向你要一份礼物吗？"

陆沉梢不解："你要什么？"

陆岁突然解下腰间的匕首，狠狠往陆沉梢胸口一扎。只是他再狠，终归只有那么一点儿力道，连个孩子也不如。

他语气狠厉："我要剜你胸口的一块肉。"

陆沉梢只被划破了喜袍和一层浅薄的皮肤，细小的血珠冒出来，染着红色的衣，却是丝毫看不出来。

陆岁的头抵在陆沉梢的胸膛上，声音越来越低："三哥，你不是答应了母妃，要照顾我一生一世吗？"

"你怎么能不管我了呢……皇位真的就那么重要吗？"他晦涩的声音终于变作了细小的哀泣，眼泪扑簌落下。

陆岁像个受尽委屈的孩子，抱着陆沉梢痛哭起来。只是他气息太急太匆促，没哭几声，就再次昏了过去。

陆沉梢抱着怀里冰冷的人，眼中似要滴出血来。

┆贰┆隐患

陆岁自那日后大病了一场，外边几度传闻他其实已经不在了。

但在来年开春，天气暖和时，他膝上盖了厚厚的毯子，坐在轮椅上，去坤宁宫给皇太后冯氏请安了。

冯氏年近六十，坐在殿上，慈眉善目，似一尊活菩萨。看见陆岁来了，她连忙招招手："小岁，快到皇奶奶这儿来，好久没见到你了。"

陆岁过去，一脸乖巧。祖孙两人把戏演得十足。

陆岁看到一旁先到的陆沉梢和他的太子妃，笑容愈加美好灿烂，只是他精神不好，唇色惨白。

"好巧，三哥和三嫂也在啊……"

他眉目均可如画，天仙般的人物，即便孱弱，也轻易就叫旁的人失了光华。容貌尚佳，又精心打扮过了的太子妃，映衬之下，竟成了毫不起眼的角色。

陆沉梢也朝他一笑，却十分牵强。

月见国外戚掌权，冯太后垂帘听政三十年有余。陆沉梢娶的太子妃云苓，是皇太后冯氏那一脉沾亲带故的人。

朝野上下都看得出来，陆沉梢为了保住太子之位，在竭力地讨好冯氏。

当年立陆沉梢为太子，也是冯氏钦点的。陆沉梢的生母叫容妃，是宫女出身。而陆岁的母妃生他时难产，已不在人世，陆岁自幼被抱去由容妃抚养。陆沉梢和陆岁两人一起长大，是七位皇子中势力最弱的两个。

冯氏选太子，为了减少以后的威胁，自然从他们当中挑。

陆岁打小体弱多病，还能活多久都说不定，死了太子还得再立，太麻烦。剩下的选择便只有陆沉梢。

说起陆沉梢，看上去，就是个容易控制的人。

星眉剑目，骨子里却带着一份软弱。少了帝王的气度和谋略，这一点，他远远不及病秧子陆岁。

冯氏从一开始就在暗中安排了人监视他们，发现慢慢长大，陆沉梢越发沉闷，万事只会一言不发，默默受着。而陆岁则截然相反，谁欺负了他，他总会想尽办法十倍百倍地还回去。

比如郡主家的小公子踢了他一脚，他就害小公子摔断了一双腿；宫里的嬷嬷背后说他坏话，第二天起床发现一口牙全没了；逛庙会时有人推了他一把，他把人家吊在城墙上三日；还有那些把他误当成女子，上前调戏的，最后不知被扔进了哪个乱葬岗……

陆岁的恶行数不胜数，心狠手辣的坏名声也就传出去了。连冯氏有时都心惊，他一个孩子竟能有如此手段，长大之后定会是个不小的威胁。

对比之下，陆沉梢可谓纯良。

也好在，陆沉梢尚能压制住陆岁。陆岁从小只听陆沉梢的话。

但自从陆沉梢成婚之后，有什么东西已经开始悄然改变。

｜叁｜夜火

陆沉梢和云苓请过安后，就被冯氏打发走了。而陆岁被留下用药膳，似乎真乃因为他是最年幼的孩子，体弱多病，便被长辈更加疼爱一些。

桌案上的参汤冒着冉冉的热气。

陆岁端起汤盅，一勺一勺地喝，露出的一截儿手腕细得仿佛轻易就会被折断。

"皇奶奶，你是不是有什么事要跟我说呢？"陆岁主动问起。

冯氏说："听说你前些日子生了大病，现在如何了？"

陆岁答道："太医说养着就是了，尚且还能拖一段时间。"

冯氏道："千万别说丧气话，你有你三哥照料着，哪能够不好？"

陆岁面色突变，眼中划过一丝戾气："这次我在榻上躺了几个月，他一次也没来看过我，说不定是怕被我名声所累，想跟我划清界限呢。"

陆岁的声音有些发颤，反复道："竟一次也没有。"

他说："以前连我患点儿小伤寒，他也紧张得夜不能寐。如今，我就快要病死了，他却不在意了。皇奶奶，你说我该怎么办？"

冯氏心中风起云涌。

陆岁去了坤宁宫的隔天，太子府突然就失火了。火势最大的是太子妃住的院子，云苓差点儿被烧死。

当时陆岁赶过来，被人搀扶着下了马车，陆沉梢一身黑衣煞神似的站在门口，见到陆岁，不由分说，一巴掌抽过去。

把陆岁打得一个趔趄，直接摔在了地上。

现场霎时寂静无声，两边府上的随从纷纷低头屏息，不敢出声招惹到谁。

陆岁自行撑着地面站起来，脸颊高高肿起，五道手指印在雪白透明的肌肤上，清晰可见。

陆岁站稳了说："三哥，我原本是想来和你道别的。边塞战火重燃，我跟皇奶奶请命了，领军北上。边塞条件艰苦，你也知道……我的身体不比常人，可能去了，就回不来了……"

"那你就别回来了。"陆沉梢说。

陆岁眼睛眯了眯，问："你说什么？"

陆沉梢一字一句缓慢地说："那你就别回来了。"

陆岁喉头腥咸，一口血吐了出来。

白衣锦袍溅上了斑驳的红点，他苍白的嘴角一抹妖娆，声音冷如冰凌："你连一句解释都舍不得问我，便认定是我放的火。原来我在你心里，也这样无可救药，坏得彻底。"

他站在晚风中摇摇欲坠，身影单薄，随时都会倒下。

"陆沉梢，我就算是死了，你欠我的，我也会拿回来的……弃之如敝屣，还从来没有人敢这样对我。"

天空不知何时开始下雨，陆岁走进雨中，决绝似永远也不会回头。

身后的陆沉梢，藏在衣袖中的手掌微微发抖，方才刮过陆岁脸颊时冰凉的触感仿佛犹在。他握成拳头，心脏痛得发麻。

{肆}旧梦沉疴

陆沉梢开始做噩梦，三年不得好眠。

连带着他枕边的云苓，也快被折磨疯了。每日睡意正浓，陆沉梢却突然惊醒坐起，或是狠狠掐住她的胳膊摇晃，嘴里神叨叨地念着："阿岁，阿岁，三哥对不起你，三哥不该让你走的……"

云苓好几次差点儿被折腾死，忍着心里的恐惧和厌恶，还要去安慰陆沉梢："殿下，可是梦到了什么？"

陆沉梢往往要很久才能够从梦魇中逃脱出来，双手捂住眼睛，嗓音破碎："我梦见阿岁死了，他的魂魄来找我了。"

陆岁走了已快三年，杳无音信，陆沉梢得不到他的半点儿消息。

只有冯氏的探子每隔一段时间就会飞鸽传书给坤宁宫，多半是"病重""七日卧床不起"这样的字眼。

而陆岁不知在陆沉梢身上施了什么法，人走了，却让他日夜不得安宁。

后来越发严重，陆沉梢总是摇醒云苓，阴森森地说："苓儿，我觉得，床头好像有人在看着我们……模样好像是阿岁……"

云苓听多了这样的话，心里惶恐，有一日半梦半醒见竟真的好似看见一双眼睛在床头望着他们，那分明是陆岁漂亮的双眸。

云苓一声尖叫，终于崩溃，赶去坤宁宫向冯氏诉苦："太子如今跟疯魔了似的，每日念着陆岁的名字被惊醒，还跑去佛堂抄经诵法，根本无心朝政，您送来让他批阅的奏折全堆在了书房里没动……皇奶奶，这日子我真是过不下去了，我快受不了了……"

同时受不了了的，还有陆沉梢。长年累月的失眠让他形容枯槁、气色灰蒙，如同行将就木的老人。

太子府上下被一种阴沉的气氛笼罩着，无一丝生机。陆岁就算走了，却无时无刻不在报复。

这一年，冯氏废黜皇帝，扶陆沉梢登基上位。

陆沉梢在冯氏心里，已是无用的废人，如同傀儡般容易被操控。同年，宫中传出陆沉梢疯了的消息。

他已不再上早朝，移居养心殿，不见外人。只是太医建议，他得多活络筋骨，每日最好花几个时辰习习武，他只在一排武将中挑了个不起眼的小兵。

冯氏安插在他身边的人手渐渐撤走，不再费心费力监视他这样一个废人。

养心殿冷冷清清，陆沉梢孤单一人，常常在榻上醉卧一宿，梦到陆岁。往昔记忆，一遍一遍地在脑海中重现。

那大概是陆沉梢九岁、陆岁六岁那年，一夜大雪纷飞，翌日起床，发现天地间一片银白。陆岁醒来，发现陆沉梢不在暖榻上，扯开嗓子大哭了一场。

哭完了，还是不见陆沉梢回来，就抹干了眼泪，自己笨手笨脚地穿好衣衫出去找他。

路过御花园，陆岁看见宫里的几位皇子和公主在亭子里打闹，正合伙欺负一个孩子，好像是要让她钻狗洞。

陆岁年纪虽小，但在宫中这种事情看多了，也见怪不怪。

但他想了想，还是决定走上前，拍拍大皇子的背，问道："大皇兄，你有没有看见我三哥？"

陆岁从小就长得漂亮精致，粉雕玉琢的小仙童一般，没有人会不喜欢。

大皇子被他吸引了注意力，暂且饶过了受欺负的孩子，在她身上踹了一脚，道："丑八怪，快滚！"而后又笑容满面地转过头来，抱起陆岁，凑到他耳边亲密地说，"你别找了，以后跟着我吧，跟着我比跟着陆沉梢要好多了。反正，他也快没命了……今天跟皇奶奶请安的时候，陆沉梢把茶盏打碎了，被杖打了三十大板……"

陆岁张口一咬，差点儿咬掉了大皇子一只耳朵。

大皇子惨叫出声，把他狠狠甩出去。

陆岁撞到石凳上，额头鲜血直冒，抿着唇，眼神不像一个六岁稚子能有的。

一片混乱中，大皇子被太医们抬走了。其他几位皇子围起来把陆岁打了一顿，也走了。

陆沉梢受完刑回去，发现陆岁不在房中。得到一位好心宫女的提醒，一路找到了御花园。他只见地上蜷缩着一个糯米团子，身上都是脏兮兮的脚印，头埋在臂弯里，血迹都凝固了。

陆沉梢大惊失色，把他抱起来，着急地拍他的脸："阿岁，阿岁，醒醒……"

陆岁睁开眼睛，看见眼前的人，不管三七二十一，抱住陆沉梢就开始号啕大哭："三哥……"

他在陆沉梢面前喜欢哭，动不动就哭。

不疼的时候哭，疼了，也只会哭得更厉害。

陆沉梢被打了屁股，陆岁伤了额头。那晚他们给对方上药，两人不约而同地说：'我以后不会再让别人欺负你了。"

陆岁甜甜地笑出来。

陆沉梢眸子亮得慑人，问道："阿岁，以后三哥当皇帝保护你好不好？"

陆岁也笑，软软糯糯的童音："嗯。以后三哥要当皇帝，保护阿岁。"

陆沉梢从梦中醒来。梦中言犹在耳，只是人已不在他跟前。

过往种种，又如同沉烟消散。

他从小到大舍不得说一句重话的幼弟，捧在手心里呵护着长大的孩子，今生相依为命的手足，如今不在他跟前。

塞外黄沙漫天，陆岁或许正风餐露宿，独自面对蛮夷的千军万马。

陆沉梢每每想到这里，如有凌迟之痛，千刀万剐。他看着高几上的沙漏，细算着时间，心想快了。

就快了。

阿岁，你再等等三哥。

｜伍｜兵变

清明过后，天色大好，每日晴空万里，连带着冯氏的心情也不错。

边塞快马加鞭传来消息，和蛮夷的战事已经快要接近尾声了，再过两三个月，大军即可班师回朝。至于陆岁，虽在军中，但毫无威信，成不了气候。

冯氏今年十分得意，把一切都掌握在了手心里，不管是陆沉梢还是陆岁，不管是朝内还是塞外，所有隐患都已消除。

她守在宫中大半生，只手遮天，也不敢离开这座深宫，总有诸多的顾忌。

如今却敢了。她要去庵山的观音庙还愿，散心。

陆沉梢也难得从养心殿中出来了。

他关在屋内，多日不见阳光，开门的那一瞬，明媚的天光悉数映照在他脸上，透出冷玉似的白。

陆沉梢一身黑衣，连同百官，一起前去恭送冯氏。

冯氏看着那死气沉沉的黑，顿时有些扫兴，但也难得宽容地没说什么。她坐在八抬大轿内，带着军队，浩浩荡荡地往庵山去。

宫门重新合上。

陆沉梢讳莫如深地笑了一笑。

酉时。天色将暗，陆沉梢颁布圣旨，召集朝中几位重臣去御花园赏月。

戌时，大家喝酒尽兴，陆沉梢在主座上冷不丁地问了句："众爱卿跟着我皇奶奶混得可还好？"

大臣们霎时吓得酒都醒了，有几个醉得太厉害，没听见这话，被同僚拖着，一并跪在了地上，心底却没有多害怕。陆沉梢这个时候发难，在他们看来，威慑力不够。等到御花园被侍卫包围起来，大臣们才知道恐怕要变天了。

亥时。庵山观音庙。

冯氏赶了一天路，才坐下歇脚，庙外喧嚣四起，火光冲天。冯氏刚想喊救驾，脖子上已经架了一把削铁如泥的剑。

冯氏带了两路人马，一队驻守在山脚下，一队守在寺庙内外。她怎么也想不通，哪里能有人可以杀上来。

退一万步讲，陆沉梢在宫内，能掌控的也仅仅只是皇城中的局势。庵山这边，恐怕心有余而力不足。

冯氏突然想到一个人。

——陆岁！

｛陆｝后招

那一夜庵山血流成河，天亮之后，月见国中局势大变，外戚掌权的局面一去不复返，历史上称为"庵山之变"。

冯氏被秘密押送回宫，软禁在一座荒凉的祠堂里。

陆沉梢去见她时，她头发花白，端坐在蒲草上，手持一串佛珠，像个普通的老人家，不再是当初翻手为云覆手为雨的皇太后。

"沉梢，皇奶奶想了一夜，终于想明白了一些事。庵山的军队原来不是你的，你在皇城分身乏术，那便只能是小岁的。探子来报，说边塞大军再等两三月即可班师回朝，看来这消息是错的……"

不用等到两三月后，边关战士已经回来了。攻下庵山的，就是他们。

"探子说，小岁在那边毫无作为，看来也是错的。他那孩子，天生是来运筹帷幄搅弄风云的。但是皇奶奶没想明白，你那样伤他，他怎么还会帮你？"

陆沉梢说："我和他，从来没有变过。"

冯氏双眸瞪大。

陆沉梢意有所指："从我娶亲开始，这一切都是假的，都是演给你看的，皇奶奶。"连太子府的那场火，都是陆沉梢亲手放的。

冯氏沉思半晌，幡然醒悟，神色无比颓然。

这兄弟两人装作不和，装作反目成仇，一个一气之下远赴边塞，收拢散落的兵权；一个被当成傀儡，登上皇位，却暗中操控一切。

陆沉梢说："我和阿岁，从不曾离心。"

冯氏问道："既然昨晚攻下庵山的是边塞大军，为何指挥的人却不是小岁？"

陆沉梢这时也不再隐瞒，道："他体弱，跟不上行军的队伍，派副将带领人马先行赶来庵山。"陆沉梢连语气都柔和一些，"他已经在回程的路上了。"

来往的书信上，陆岁是这么跟他交代的。

昏暗的祠堂中沉香缭绕，冯氏突然大笑："沉梢，你错了，他不会回来了！"

陆沉梢眉头一紧。

冯氏眼中迸发出恶毒的光，好似自己才是那个最后一击，反败为胜的人。

她紧紧凝视着陆沉梢，缓慢道："我一早派了人马在路上，无论小岁几时启程，都会让他回不来。

"我一直知道他是个隐患，从未想过要饶他。如今军队先到了皇城，他一人落在后面，身边人手必然不够。江湖上百来号杀手要刺杀他，简直易如反掌……"

冯氏欣赏着陆沉梢万念俱灰的神情，欣然道："沉梢，你跟皇奶奶说说看，到了如今这个地步，我们俩究竟是谁赢了？"

｜柒｜相见

陆沉梢朝着西北方向，策马而去，谁也拦不住。他已经七天没有收到陆岁的消息了。没有飞鸽传书，没有半点儿音信。

为了做戏给冯氏看，他曾经对他说，那你就别回来了。

即便是假话，是违心说的，陆沉梢每次回想起来，仍万箭穿心。更何况，他还打了他一巴掌。

难道如今一语成谶？

陆沉梢曾经说他要当皇帝，于是陆岁和他谋划了一切，誓死要把冯氏赶下台。

他在佛坛抄经，抄的全是藏头句，给千里之外的陆岁出谋划策，商议破敌之道；他在养心殿习武，前来授课的不起眼的小兵，曾是五十万禁军统领；每日去见他的太医，其实是宰相的义子……

陆沉梢韬光养晦十余载，装出软弱无能的样子，在背后算计这一切，是为了当皇帝。

可陆沉梢要当皇帝的初衷，只是为了保护陆岁而已。

到头来，他却失去了他。

陆沉梢跑了几天几夜，马累死了，他孑然一身，恍恍惚惚，不知自己到了哪里。

官道旁有人说话的声音，他向前走了一段路，发现有一个茶寮，来往的不少旅客在那处歇脚。

小二见陆沉梢站在路边不动，大声招呼他："客官，来这儿喝碗水解解渴啊……"

陆沉梢挪步过去，正准备在茶棚里坐下，店子里间传来几声木轮咯吱滚动的声音，还有一个少年清脆的嗓音："小二，结账。"

陆沉梢身形狠狠一晃，艰难地扭头望去，轮椅上的少年眉目如画。少年也看见了他，先是一怔，随后缓缓笑开："三哥！"

陆沉梢站在离陆岁两米远的地方，停住了，不再往前。他视线落在轮椅上，沉声问道："阿岁，你身体好吗？"

陆岁笑道："只是容易倦，我坐着轮椅舒服些。"

陆沉梢又问："可有受伤？"

陆岁摇头道："没有。"

他眨着眼睛，长睫如蝶翼，笑时起涟漪，反问道："你离我这么远做什么？三哥，你站过来一点儿。"

陆沉梢问："你是真的吗？"

陆岁道："是真的。三哥，我是阿岁。"

陆沉梢几步冲过去，蹲下来与少年齐高，倾身抱住他，脸埋在他的发间，良久，不肯抬起来。

陆岁听到了他喉间隐忍而压抑的颤音，哑声笑着打趣："三哥，你怎么哭了？莫不是冯氏又欺负你了？我帮你去报仇，好不好？"

陆沉梢声音发抖："她说，你死了，我不信，就来找你。"

陆岁抱着比自己大三岁的哥哥，看他此刻脆弱得像个孩子，伤心得不能自已。

陆岁轻声安慰他："是云苓……三哥，是云苓帮了我。"

｜捌｜花灯璀璨

她叫云苓，冯云苓，曾是太子妃，却喜欢上了一个遥不可及的人。

那人叫陆岁，是画中仙，是浮云山巅的雪。她即便心有所慕，也从不敢肖想得到他。

她是他当年在御花园中，从大皇子脚下救出的丑八怪。

他救她只是无心，连看都没有多看她一眼，自然也不会记得这段小插曲。可偏生她多情，记住了他的声音，记住了他的容貌。

一记就是许多年。

后来冯氏问她，愿不愿意嫁给太子陆沉梢，她没有犹豫就答应了。她心想，嫁给了与他最亲近的三哥，是否也算离他更近了一点儿呢？

新婚翌日，她和陆沉梢一起去坤宁宫请安，陆岁随后也到了。

席上，陆沉梢目不转睛地看着陆岁，她悄悄看的，也是陆岁。

她是冯氏派去监视太子的，慢慢得到信任，成为冯氏的左膀右臂。得知冯氏要刺杀陆岁，她义无反顾地把这个消息送给了陆岁，让他回程时改道，躲过一劫。

但陆岁却不知道，她为什么要帮他。

他更不会知道，她喜欢他，喜欢了一辈子。

云苓向陆沉梢求了一纸休书后，四处游历，再回皇城，已是两年之后。恰好赶上一年一度的花灯节，城中熙熙攘攘，好不热闹。

四处火树银花，在河堤上放花灯的人更是多不胜数。云苓一个转身，看见了两个熟悉的身影。

穿白衣的少年，一只手去解身上狐裘的锁扣，一只手持着盏小小的红色莲花灯，朝旁边的人抱怨："三哥，天气好热。"

旁边的人立即制止他，把他裹得更加严实："不准减衣。"

"那我去喝冰镇莲子汤。"

　　"不准。"

　　"那我去河里洗冷水澡好了！"

　　"不准！"

　　少年嚣张地笑起来，踮着脚凑上去，不知同人说了几句什么，轻易化解了对方的怒火，换来一声无可奈何的叹息："阿岁，你啊……"

　　两人的声音渐渐飘远，身影淹没在人海中，消失不见。

　　云苓收回目光，头顶的镰月倒映在波光粼粼的河面，花灯顺水而下，璀璨的火光，一路蜿蜒流向远方。

浮世远

阿盲想，她不老不死，可护他永生永世。

{壹} 没用的笨狐狸

阿盲在茅草屋顶上坐到半夜，没等到长辛回来，暮山下了一整晚的雪。

她迷迷糊糊地入睡了，连梦中也不安稳，醒来一睁眼，一声尖叫，把屋外的野猫吓得窜出了三丈远。

眼前是一只倒挂的狐狸，尾巴卷在房梁上，满身淌血，龇牙看着她，眼睛一眨一眨。

阿盲只觉得脑袋一嗡。

"嘿，这就把你吓着了？胆小鬼！"那狐狸身上的血迹突然消失，化作一个白衣少年，坐在床头嬉皮笑脸地打趣她，笑里还带着几分稚气。

"长辛！"阿盲扬手，作势要打他。

他却嘴巴一扁，立马变脸，扑倒在她膝上："阿盲，我错了。"

长辛是一只活了三千年的老狐狸，但他有时神智颠倒，行事作风就如同一个几岁的孩子。他平日里喜欢恶作剧，喜欢胡闹。常年冰雪覆盖的寒冷暮山上，只住着他和阿盲一狐一人，他能捉弄的也只有阿盲。

只是以往长辛装神弄鬼，效果不佳，吓不到阿盲。这次他现出原形，伪装成受伤的模样，倒是让她破功了，当真好玩。长辛心里这么想着，嘴上却在求饶："好阿盲，我真的再也不敢了，你别打我……"

"你昨晚干什么去了？"

"下山去大户人家偷酒喝呀。"长辛赖在阿盲身边，突然一个鲤鱼打挺坐起来，"对了，阿盲，我早上回来的时候在大街上看见好多好多奇怪的人哦。"

"奇怪的人？"

"嗯。"长辛重重地点头说，"他们都穿着铁背心，还戴着铁帽子，看上去好威风呢。"

阿盲一把推开他，飞跃上一棵高耸的榕树，眺望山下，果然有一支军队在暮山积雪覆盖的小道上蜿蜒前行。

长辛被阿盲甩在了地上，在屋内愤怒地捶了两下地，追着冲出去大叫："丑阿盲，你欺负人！"

"嘘，别闹。"阿盲指给他看皑皑白雪上的那一行人影，脸上挂着讳莫如深的笑意 "长辛，十年了，暮山终于来客人了。"

长辛抚掌而笑："这下可好玩咯。"

奈何他笑得太过恶意忘形，一激动，身体往后一仰，从树冠上摔下去，四肢大张地趴在地上。

"没用的笨狐狸。"

长辛抬头，无瑕美玉般的挺秀鼻尖上灰扑扑，一本正经地朝她道："可我长得好看哪。"

︱贰︱狐魄

那一队人马，是来请阿盲去苍山国的。

如今天下一分三，陈国、梁国，还有苍山。近十年来，苍山发展成为三国中势力最强大的一国，这功劳要归属于苍山的皇帝付恒。他被苍山百姓称颂为建国百年来第一大盛世明君。

阿盲现在就是被这位盛世明君邀请了。长辛做小厮打扮，跟随在她左右。

入宫后，路过御花园，姹紫嫣红的花丛中有一尊人物白玉雕像。

雕刻的是一妙龄女子，蝤首蛾眉，双瞳剪水，栩栩如生仿佛要活过来。她臂弯中还藏着一只慵懒的狐狸，许是在呼呼大睡，九条漂亮的尾巴垂荡下来。

阿盲被这玉雕吸引，驻足观看了片刻。

长辛则盯着那狐狸的九条尾巴哼哼，羡慕又嫉妒。他一直觉得九尾狐才是狐族最漂亮的，像他生得这般倾国倾城，可惜只有一条尾巴，真是绝美中的美中不足。阿盲在他耳边悄声道："那小狐狸长得比你俊俏。"

长辛跳脚，恼羞成怒："那女子长得比你貌美！"

"这倒是真话。"阿盲指着玉雕，询问身后的老宫人，"她是谁？"

老宫人低声道："帝后叶萤。"

阿盲又问："帝后现在何处？"

老宫人的声音细如蚊蚋："已长眠墓中。"

"姑娘还是莫要问了，免招祸端。"

阿盲带着长辛住进了早已安排好的季棠小苑，等待皇帝的召见。只是在小苑入住的第一晚，长辛就闹出了点儿不大不小的动静。

他半夜抱着被子破窗而入，闯进了阿盲房里，赖到了阿盲床上，不肯回自己屋了，信誓旦旦地说："这里闹鬼，你那么胆小，我要留在这里随时保护你！"

阿盲自然不信，窗上倏尔白影一闪而过，传来女子凄厉嘶哑的哭泣声，直叫人毛骨悚然。

长辛抱紧阿盲："我没说谎吧，这里有鬼！"

第二天一清早，阿盲和长辛听闻昨夜闹鬼，是因为关在冷宫中的一位疯癫的妃子跑出来了，现已被侍卫捉拿。那位弃妃叫叶菱，和帝后的名字颇为相似，一字之差。

民间早有传闻，叶家两姐妹，叶萤与叶菱。一个当了帝后却早夭，一个曾是宠妃却平白疯了。这两姐妹与皇帝之间，必定有一段悱恻的往事，引得人浮想联翩。

阿盲很快见到了悱恻往事中的男主人公——付恒。

已近而立之年的皇帝，身着一袭暗黄的龙纹锦服，长发用玉冠束起。但待阿盲走近了细看，却发觉他两鬓的黑发中掺杂着几缕银丝，竟是少白头。

他气质尊贵，阿盲也只多望了两眼，就移开视线，低头品茶。

"朕早有耳闻，阿盲姑娘不老不死，可有其事？"付恒开门见山地问。

阿盲道："确有其事。"

似乎是为让付恒相信，她随手摔了杯盏，拿起一块碎瓷片往手腕上用力一划，鲜血直流。

付恒一惊，却又见女子手腕上的伤口神奇地慢慢愈合，手腕光洁白皙，完好无损。

"听了那么多关于姑娘的传说，如今亲眼看见，才相信这是真的。"付恒端坐在桌案前，"朕有一事，还望姑娘解惑。"

"陛下请说。"

"朕的皇后叶萤，可尚在人世？"

阿盲笑了，连深宫中老妪都知道，帝后已长眠墓中，皇帝却问了这么傻的一个问题。

"陛下，阿盲不能平白为人解惑，这是阿盲的规矩。"

"姑娘想要什么尽管提。"

"听闻苍山国国库中有一样稀罕东西——狐魄。"

付恒皱眉："你要那东西做什么？"

阿盲捏起两块点心，放进嘴中慢慢地嚼。她在暮山上可没吃过这么好的东西，嚼完，咽下去，半晌才回皇帝的话："好奇罢了。我见过奇珍异宝数不胜数，偏生就好奇狐魄是个什么样子，在市井中屡次听人提及，心越发痒了。"

付恒脸上也无半点儿愠色，沉声道："姑娘若真能为朕解答心中困惑，朕也能应你所求。"

"爽快。"阿盲拿一方锦帕擦了擦手，"那就由陛下定好一个时间即可，您赐我狐魄，我替您解心中一切困惑。"

{叁} 世间最如意之事

阿盲回到季棠小苑，苑中安静，长辛在屋檐下睡觉。

仲春时节，下午的日头好，懒洋洋地晒在身上。他不知从何处搬来一张摇椅放在檐下，大大咧咧地躺在上面，做着美梦。

"真是只万事无忧吃饱了就睡的笨狐狸啊。"阿盲叹息。

长辛的眼睛撑开一条缝看她，一脸迷蒙。

阿盲挤着在摇椅上坐下，忽然问："长辛，你知道皇帝和叶家姐妹的事吗？"

"没，你说来听听，也好解乏。"长辛伸了个懒腰。

阿盲的脸在阳光的照映下如同透明一般，声音恍惚："那好像是很久以前的一段故事了……"

十多年前的一个下雪冬夜，少年付恒亲自牵着一个九岁大的孩子，进了叶府的大门。那时，付恒还是苍山国中不受宠的四皇子，叶家还是如日中天的盛况。

但叶丞相的长女叶菱病重，已经药石罔顾，府中一片悲戚，几乎无人敢大声说话。

付恒带着女孩儿坐在会客的厅堂中，对她说："你原本没有名字，以后就叫叶莹，是叶丞相家的二小姐了。"

女孩儿似懂非懂地点头，只知自己的命是他救的，她什么都听他的。

付恒又道："这里有一个生病的小姐姐，叫叶菱，比你要大上一岁。她一个人很孤独，她很需要你，你可不可以在这里陪着她、照顾她？"

女孩儿还是点头。

付恒离开叶府之前，女孩儿终于拉了拉他的衣角，抿了抿嘴问："你还会回来看我吗？"

"会。我会常来叶府。"

付恒没有食言。

他去叶府走动得很频繁，和叶丞相的关系也越发融洽。朝野中渐渐传言，叶丞相已经站在了四皇子的阵营里。

同时发生的，还有一件奇事，在民间的茶寮酒肆中传得火热。丞相府那个病重吐血的大小姐叶菱，竟然能下地走动了。神医赛华佗曾替叶菱把过脉，断言叶家的大小姐不能活过正月初六。

但如今都正月十六了，也不见叶府上办丧事，反倒响起了庆贺的爆竹声。

四个年头一晃就过去了，叶萤也早已习惯在叶府中的生活。她和叶菱形影不离，同吃同住，几乎不分彼此。

叶萤似乎是叶府的福星。

自她来后，叶菱的病情在这几年里有了起色，逐渐好转，就快要痊愈。豆蔻年华的少女，恢复气色后，越发出落得美丽动人。而旁边的叶萤，眉眼也长开了，样貌同样出众。

而付恒还是一如既往，每隔三天，就要过来叶府一趟。

叶萤满心欢喜，只为眼前的英俊少年郎。

叶萤觉得，付恒或许是喜欢自己的。他常在不经意间把目光投向她，漆黑的眼睛像笼罩着一层大雾，那里面却藏着太多叶萤看不懂的东西。后来，叶萤才知道，那是因为歉疚。

付恒说："叶萤，我以后娶你为妻，可好？"

自然好。世间最如意之事，莫过于郎有情来，妾有意。叶萤心中无限欢喜，想点头，胸口却蓦然一疼，吐出一口血来。

那是叶萤第一次咳血，雪白的蚕丝帕上血迹点点。

有了第一次，便有第二次、第三次……自此，叶萤一病不起。

付恒抱着她，一遍一遍地说："我会娶你的。"

｜肆｜入傀

一个男子对一个重病中的女子不离不弃地许诺，我会娶你。

这誓言真乃感天动地。

叶萤就是抱着这样的希冀熬过一天一天生不如死的折磨。她每每痛到夜不能寐，在床上打滚，冷汗把床铺都浸湿，心中默念付恒的名字，仿佛疼痛就真的能减少一分。

那一晚，付恒照旧在她房中坐了半个时辰，临走前嘱咐："你好生休息，我明日再来看你。"

"好。"叶萤从口中挤出一个字。

她盼他不要那么快就走，因为舍不得。她又盼他快些走，她已经忍到极致，她怕自己面目狰狞的模样吓到他。

爱上一个人，兴许本就是件万分矛盾的事。

付恒抬脚刚走，叶萤房中却出现另一个人。

白衣墨发，琥珀瞳，身后还拖着九条毛茸茸的尾巴。他坐在榻上，端着瓷碟，把里头的杏脯一个个扔进嘴里，一边嘲笑叶萤："你怎么这么笨哪？族中长老说，人间的女子最好骗，果真如此。"

叶萤吓了一跳。

他眉头一挑，又继续嚣张道："你难道不知道那个男人是在骗你吗？"

"你是谁？"叶萤疼得额上汗水滚落。

"真是有眼不识泰山，"狐狸尾巴摇了摇，"我当然是你狐仙大人啊……"

杏脯吃腻了，他把碟盘往后扔了，又去拿高几上的枣子，一边吃一边说："我已经跟着你很久了，没想到你这么笨，一直没有发现我。本大人今日现身，特地前来为你指点迷津。"

"你难道不觉得奇怪吗？自打你进了叶府，叶菱身上的不治之症慢慢好了，你却成了个病秧子，日日夜夜饱受折磨。你如今这副病死鬼的样子，真和以前的叶菱十足相像。"

叶萤心中大骇，不敢往深处想。狐狸又道："人间有一种巫术，叫'入傀'，笨丫头，你可听说过？"

入傀。叶萤在古书上约莫看见过。

大概是讲，若有人身中诅咒，不得解脱，可寻另一命格相同之人，施以法术，转嫁诅咒于另一人身上。

"叶老头是靠淘金发的家，他能从一介平民摇身变成苍山首富，再一路扶摇直上，平步青云，成为如今权倾朝野的丞相，一开始全依仗他当年积累的金钱打点。笨丫头，你可知他从哪里淘来那么多取之不尽的金子？

"是在鲛人湖。那里的湖底全是鲛人，泣泪成珍珠，满身的黄金鳞片。

"叶老头偶然间发现鲛人湖后，勾结商人一起用火药把那片湖炸平了，鲛人全部被宰杀，没留一个活口。他们临死前诅咒叶氏一族不得好死，断子绝孙。不过半年，叶家晚辈中除了叶菱还吊着一条命，其他子嗣全部死绝，只是叶府对外瞒着消息，没透露风声。"

叶萤听到这里，已像忘了疼痛，一颗心在寒冰水中浸了又浸，只剩下彻骨的冷。

"我不相信……"她喃喃道。

"哼，你不信我，不如去问问叶菱，看她怎么说。"

｛伍｝小狐狸

"怎么，你难道现在还不知道吗？"房中烛火冷清，叶菱对镜梳妆，笑容像淬了毒，她一字一句地对叶萤说，"好妹妹，我还以为阿恒早就告诉你了。你的存在，不就是为了我吗？"

"现在我已痊愈，可惜苦了你了。"

可惜，苦了你了。

这真是叶萤这辈子听过的最好笑的笑话。

一切都是早有预谋。四年前，叶萤家中失火，父母双亡，她沦落街头成为乞儿，被付恒收留，接着被送进叶府，她心存感激，以为这是上天眷顾。

"苍山国上下，只寻得你一人，与我命格完全相同。阿恒找到你，也花了一番工夫。"叶菱笑意盈盈，"不然他如何把你送进叶家，拉拢叶家？"

字字锥心。

叶萤跌跌撞撞地回到自己房中，那一夜恶疾发作得厉害，如有预感，她知道自己熬不下去了。她脑中浮现出的还是付恒的脸、付恒的眉眼、付恒的音容笑貌。但她不敢再念付恒的名字。

濒死时，却有一股暖流缓缓注入她的身体，嚣张的声音在耳边响起："笨丫头，真没用。别人说几句话，就能把你气死，你也真是太好欺负了。"

叶萤恢复了神智，躺在床上面如死灰，身旁蜷缩着一只九尾白狐。他消耗太多真气救她，修为大损，暂时只得变回原形。

叶萤偏头，眼睛盯着他，突然间，她伏在枕上纵声大哭，泪水染湿他雪白的皮毛。她哭时有个毛病，须得念叨些什么，如有寄托般，方能稍微缓解心中痛苦的情绪，付恒二字是万万念不得的了，得换个对象。

"小狐狸……"她边哭边喊。

"老子不是小狐狸，老子已经三千岁了。笨丫头，你应该尊称我为狐大仙。"

"小狐狸……"

"说了要叫狐大仙!"

"小狐狸……"

"算了,随你叫吧,你别哭了就成。"

{陆}突围

尽管付恒把叶萤从头骗到了尾,但有一件事,他还是兑现了。他向叶府提亲,要娶叶家的小姐。

还一娶娶俩。

狐狸笑话说,这叫买一赠一。

叶萤默默地看着手上一卷闲书,无半点儿反应。她如今看到付恒,面上平静,实则中心又爱又恨,快要把自己折磨疯了。可她还是答应嫁给付恒,不得不答应。

洞房花烛那一晚,付恒先是安抚了叶菱,最后去的还是叶萤房中。他说:"萤儿,从今往后,你将是我的妻,你我生死相依。"

叶萤凑上他的唇,热情相拥,忘情亲吻,手中的匕首从他背部插入,刺穿了他胸前的一根肋骨。但她终究舍不得他死,错开了心脏的位置。

红袍染血,锦袍上看不出端倪,只有衣料渐渐濡湿。

"生死相依?"叶萤不知是哭是笑,"我中了入傀术,命不久矣。付恒,难道你预备也要随我一起去吗?你舍得下你的美娇娘、万里河山？"

"你竟……都知道了……"

新婚之夜后，付恒没有再来找过叶萤。

她住在府中的海青苑中，无人来打扰。狐狸每天给她灌输真气延寿，却苦于无破茶诅咒之法。

"你为何要救我？"

"当然是因为你好玩咯，你死了，我到哪儿再去找一个像你这么有意思的笨姑娘？"

这样的对话，起初每日要重复两三遍，后来叶萤索性也不问了。

她每日待在屋内，哪儿也不去，形容枯槁，浑身透着灰败，如同行将就木之人。

狐狸化作原形，卧在她膝上，懒懒道："你这么不开心，我带你走吧？你想去哪里都可以。"

叶萤沉默地摇头，她对付恒，心中总还有一丝希冀没有耗尽。对面那双琥珀瞳，莫名有些暗淡。

叶萤耗尽了心中对付恒的最后一丝希冀，是在三个月后。

这一年闹大饥荒，陈、梁两国暗中结盟，一齐发兵攻打苍山国北境争夺粮草。皇帝大怒，四皇子付恒主动请缨，率二十万大军北上驱逐贼寇。两军交战，风屠岭一役，付恒原本已经胜利在握，却蓦然看见叶萤被高高吊起在敌方的帅旗上。

叶萤从昏迷中醒来，头顶烈日如火，眼下是一望无际的辽阔戈壁，是几十万兵马的对峙。四百米开外，是在马背上勒紧缰绳的付恒。

她只记得那日是个晴天，狐狸给她渡完真气后累坏了，躺在榻上休憩。她的精神反倒好了些，府上的丫鬟送来一壶梨花酿，叫她尝尝。

她只喝了一杯，醒来后已到了战场。

陈、梁两国的首领以她来要挟付恒退兵。只是这如意算盘，怕是打错了。

付恒远眺，凝望叶萤的脸，终究一声令下，继续进攻。

叶萤被晒得嘴唇干裂，脸上血色褪尽。成千上万支箭朝她涌来，她不由得闭上眼睛。

"笨丫头，你闭上眼睛干吗？别害怕，还有狐大仙我呢。"一道白色身影从天而降，长袖翻卷，替叶萤挡开了面前的箭。

但是要救叶萤突围，不是件容易的事。何况叶萤知道，这只狐狸是在死撑。

他为给她续命，每日损耗真气，越到后面，他每日沉睡的时间就越长。他还有多少修为经得起这样消耗？

|柒| 九尾白狐

狐狸扶着叶萤一齐摔进了岩洞之中。这是他好不容易寻得的避难之地，暂时安全。

黑暗当中，叶萤看不清他，只知他浑身是伤，多处中箭。她想出去找药，反被一把按住。

"笨丫头，我是狐仙大人，伤口能不治而愈，给我点儿时间就好了。"

叶萤声音里带着压抑的哭腔："你骗我……"

"我从不骗你，"琥珀瞳中忽然闪过丝亮光，"你要是实在怕我疼，就亲我一下好了。"

"你结婚那晚，虽然捅了付恒一刀，但也亲了他。我在屋顶上看到了，不知怎的，一连许多天心里都不舒服。你要是现在亲我一下，我兴许就痛快了。"

叶萤迟疑了很久。

在她迟疑时，洞口传来动静，找过来的是叶菱带领的叶家军。

叶菱让人点燃了岩壁上的烛火，刻意拿着烛火凑近，照了照叶萤身旁的少年："我常听线人回报，说妹妹在苑中养了一只九尾狐。没想到他化作人形，竟是个如此清秀俊逸的人物，也难怪妹妹日日守在屋内，舍不得踏出去半步。"

"你胡说什么？"叶萤强装镇定，手臂却不动声色地抱紧了怀中快要昏厥过去的人。

"他是不是狐妖，可不是你说了算的。"叶菱身后走出一个身穿道服的人，从袖中掏出了几道符咒。

叶萤抱住的少年顿时化作一只九尾白狐。

叶菱露出满脸诧异，笑容越发藏不住："原来世上真有九尾白狐这种东西？听说每条尾巴都是一条命，妹妹，你说，我要是把他九条尾巴都砍掉了，他还能不能活？"

叶萤顿时毛骨悚然，颤声问："你想干什么？"

"我刚刚不说了吗，看来妹妹是记性不好了。"叶菱下令，"来人，把那九尾狐给我拎过来。"

叶萤的双手，死死抱住怀中的一团白色。叶家军拿剑一挑，擦过她的皮肉，鲜血往外涌，她还不肯放手，直到剑身切断她的一根指骨。

叶菱计数："第一条尾巴。"一刀落下去，地上昏厥的狐狸被疼得醒过来，眼皮照旧支开一条缝，孱弱地望着叶萤的方向，眼中似有泪。

"第二条尾巴。"

白狐一声呜咽，似是痛苦难当。

叶萤被人拦住，不得靠近，双手在沙砾上抓住一道道血痕。

"第三条尾巴。"

叶萤崩溃大叫："叶菱，你我无冤无仇，你就这么恨我？你就这么恨我？"

叶菱道："是啊，我便是如此恨你。你替我背负诅咒，从此也抢走了我的付恒哥哥。你没有出现之前，哪怕我在病中，他的眼中也只有我。可现在，他哪里还看得见我？继续，砍了这狐狸的第四条尾巴！"

"不要……"叶萤声音已经哭哑，趴在地上伸出手，沙哑地唤，"小狐狸，小狐狸……"她经历过许多种疼痛，从未有一种，比现在来得更直接和惨烈。她看着沙砾上散落的被血染红的白色断尾，一瞬之间，万念俱灰。

还剩最后一条狐狸尾巴的时候，叶菱递给叶萤一把匕首。

"这是我给你的唯一一个机会，你要是拿着匕首把自己全身筋骨都剔除，然后搅烂自己的一颗心，我就把这最后一条狐狸尾巴给你留下。"

{捌}暮山阿盲

"那最后呢？"长辛问阿盲。

"叶萤照办了。"

"那她真的死了？"

"但小狐狸还活着，这就够了。"

那时，叶萤确实死了，体无完肤。尚有一丝生气的小狐狸用自己的元神护住了她的三魂七魄。后来，他用榆木枝雕刻成人形，重新为她塑造身体，从此有了不老不死的阿盲。

只是小狐狸自己不记得了。

他被老道士收去了一魂一魄，装进瓶中，由叶菱向付恒交代，说是因狐狸被收了魂魄，叶萤殉情而死。付恒大怒，他一直不相信叶萤是真的已经不在了。后来逼宫称帝后，仍把皇后的位置给叶萤留着。许是报应，叶菱却渐渐疯了。

而那只小狐狸，三千多岁的年纪，因少了一魂一魄的缘故，时常神魂颠倒，还是孩子心性。但又有什么关系？

阿盲想，她不老不死，可护他永生永世。

十年守株待兔，她放话出去，暮山阿盲，不老不死。消息渐渐传到付恒耳中，有了这次机会，好让她拿回狐魄。

翌日。

付恒重新召见阿盲，手中拿着的玉瓶中装着的正是狐魄。

付恒又问："朕那结发妻子，可尚在人世？"

阿盲道："不在。"

"她……因何而亡？"

"她挑断了自己全身筋骨，搅烂了自己的一颗心，因此而亡。"

付恒震惊不已。

阿盲道："君子一诺，还望陛下赐我狐魄。"

玉瓶晶莹剔透，付恒把它交到阿盲手上，自言自语："朕其实去偷偷看过她一次。她抱着一只九尾狐狸似在说话，脸上洋溢着笑。朕已经很久没有见过她那样笑了。朕知道，她很在乎那只九尾白狐。只要朕留着狐魄这样东西，她若活着，必定还会来找朕要回去。那时，朕便可以再见到她。"

"往事已矣，陛下不如就此放下。"

"如何放下？"

阿盲倏然一笑，云淡风轻道："陛下若把全身的筋骨都剔除，再拿刀子把自己的心搅碎，自然就放下了。无论如何爱，都放下了。"

阿盲走出殿中，长辛正在长廊尽头等她。

"事情都办完了？"

"办完了，咱们回暮山吧。你不是喜欢喝酒吗？以后不要下山去偷了，我给你酿。"

长辛一听，狐狸尾巴都差点儿翘出来，抱着阿盲的胳膊道："我家阿盲，真是天底下最好的姑娘啊……"

　　两人离宫，回盲山的途中，路经细雨朦胧的江南，听闻苍山国的废妃叶菱溺水而亡。

　　阿盲想，不过浮生旧事一桩。

　　眼前杏花，微雨，岁月还长。

森林记

＼

漫漫余生，我要驻守在你心眠，长成一片茂盛葱
郁的森林，从此遮天蔽日，永不枯萎。

01. 计先生，我们去把婚离了

最近，计辞和阮森林离婚的消息不胫而走。

这夫妻俩一个是国际知名导演，一个是曾经红到发紫的演员。结了婚这么多年，从不太平，永远处于风口浪尖上，流言蜚语满天飞，时不时被离婚。

就是不知道消息的真假。

阮森林拿着餐桌上的《娱乐早报》翻了翻，通篇仔细阅读下来，若有所思，然后看着坐在自己旁边悠然喝粥的男人皱起了眉，

开口道："计先生……"

声音听上去颇为不满。

计辞侧过脸："嗯？"

"今天的报纸你都看了吗？"

"看了啊。"

阮森林故作严肃："你有什么想法和意见要发表吗？"

计辞考虑一秒之后说："没有。"

"都说'苍蝇不叮无缝的蛋'，我觉得你应该反思一下自己在外面是不是做了什么对不起我的事，不然为什么狗仔老揪着你不放，天天爆料'阮、计二人关系不和'！"

计辞俯身舔了一下她唇上的一层牛奶膜,回答时不假思索:"我觉得我们俩挺和的。"

阮森林发出一声冷笑："某人 5 个月零 20 天外出不归家。"

"那还不是因为前段时间我在外地拍电影？"计辞把培根移到她的餐盘里，直接拆穿，"而且好像我的女主角正是阮小姐……"

"这么说来，阮小姐也一共有 5 个月零 20 天外出不在家，是不是该向你家先生我请示一下？"

阮森林放下刀叉，一把推开椅子站起来："夫权压榨，这日子没法儿过了。"

计辞问："所以呢？"

阮森林朝他伸出一只手："来，计先生，我们一起去把婚离了……"

计辞顺势握上，轻轻地摩挲着她的手背，低头再吻一记。

"等下辈子吧你。"

02. 我果然没看错，是个美人

计辞风头最盛和最失意落魄的时候，都是在 2000 年。

那一年他拍三部电影，囊括各大奖项，口碑与票房齐收。又因为自己本身风华正茂，披了张狐狸皮，长了张潘安似的脸，追捧者无数。大概他人生得意，太过风光，连老天也眼红了，让他卷入一场不大不小的政治风波中，一时跌入谷底。

树倒猢狲散，往日围在身边的各路明星和投资商差不多跑光了。他就像是瘟疫，连媒体都不敢把镜头往他身上聚焦，生怕招惹来麻烦。

计辞荒唐颓废了一冬，终于踩着来年春天的尾巴重新站了起来，振臂一呼："招群演，五十块钱一天，中午包盒饭和饮用水！"

一大群中年大妈老年大爷朝他蜂拥而去。

到最后，还差个女主角的人选。

计辞是个全才，亲自操刀剧本，做策划，准备道具，招募人员。

但他再全才，也变不出一个完美的女主角。

于是他给萧恋打了五十五个电话。

萧恋是和计辞交往过最久的女星，两年时间，她成为他固定的伴侣。萧恋也依仗计辞的一路照顾，星途坦荡。

如今计辞落魄，五十五个电话，终于请动她。

电影中的大部分取景来自于一个世外桃源般的小村落。

世外桃源，同时也意味着偏远、封闭，连手机信号也断断续续，需要走到村口附近才能够找回满格的状态。

萧恋终于忍受不了，罢工不干以后，整个剧组的进程也随之耽搁下来。

计辞从行李箱中翻出最后一包烟，蹲在田垄上一根接着一根地抽，不远处有几个当地的村民在田间劳作。

计辞沉默地盯着看了一会儿风景。

在这深山老林里待了一个星期，他平日里是最金贵的那个，这时反倒是最能忍耐的那个。他跟着场务一起拿山泉水煮面，卷起裤脚上树摘瓜的时候，对方还小小地惊讶了一把："计导，真看不出来哎……"

计辞年纪轻轻，混到今时今日这个地步，恐怕除了外界所传他有显赫的背景之外，个人本身也总该有点魅力附加值。

烟灰一段段掉落，计辞双眉紧蹙，过一会儿就扔了烟头直冲冲地往回走。

萧恋叫人在樟树茂密的林荫下摆了一张睡椅，正侧躺着休息，墨镜和礼帽几乎遮住了她的整张脸。

计辞很没有风度地把她的帽子给掀了："我再问你最后一遍，你拍不拍？"

妆容精致的女生气急败坏："不拍，你让我演村姑，背着个竹筐上山挖笋。路那么陡，又到处是茅草，我要是受伤了怎么办？"

计辞气极反笑："行，那你走吧。"他挥手招来萧恋的助理，"把她东西收拾好，马上叫村民带路送你们出去。"

萧恋抿着红唇，不敢相信计辞在这个关键时刻竟然丝毫不挽留她。

计辞像一眼就看透她的心思，直言不讳："阿恋，你接了这个角色，却吃不了这个苦，我没必要再留你。"

"我一走，你这部电影就废了，你的心血全废了！"萧恋胸有成竹，"没了女主角，我看你怎么办！"

"你不是上帝钦点的女一号，萧恋。"计辞线条深邃的侧脸倨傲如初，不见半点儿失意，他的声音骤然变得又冷又沉，"我教你如何演戏，但是忘记告诉你，人莫要忘本，永远地保持初心才能立于不败之地。

"我今天就让你看看，计辞手下永远不缺女一号。"

计辞说完，在众目睽睽之下转身沿着小道过去，皮鞋也没脱，直接跳进了稻田里。他一脚一脚踩着淤泥，大步迈开，朝尽头一个正在弯腰插秧的清瘦背影走过去。

他突兀地拉住那人的臂弯，迫使她回头。

计辞看到的是一张沾满泥巴的脏兮兮的脸，唯有一双眼睛，亮如明星。

计辞取下挂在腰间的军用水壶，清冽的泉水把手掌打湿，他凑过去，用温热的指腹一点点擦干净她的脸庞。

漂亮的五官在他耐心的动作下渐渐显露出来。

两分钟后，他满意地欣赏着眼前的这张脸，展颜一笑："我刚刚果然没有看错，是个美人。"

"你叫什么名字？"

"阮森林，森林的森，森林的林。"

"我叫计辞，辞别的辞。"

03. 人不风流枉少年，谁潜谁还不一定

计辞打量着眼前的小屋，整洁干净，简单但不简陋。从摆设

的细节上可以看出，只有她一个人生活的痕迹。棕木的墙壁上挂着一个相框，照片上是一家三口的合影。

听阮森林说，她父母几年前因病去世。她和这里的其他人一样，过着很原始的自给自足的生活。

计辞却似乎对那张合影格外感兴趣，盯了许久，才收回目光问："愿意跟我演戏吗？"

"我不会。"阮森林站在灶台前将栀子花瓣搞碎，加入蜂蜜，调制酱汁，"而且我除了每个月去镇上一趟，已经整整五年没有去过外面的世界。如果我答应你，跟你走，这意味着我原本平静的生活会发生翻天覆地的变化。"

"是不敢吗？"

"不。"她的眼神坦荡而纯粹，有种"初生牛犊不怕虎"的倔强。看着计辞时，充满了探究，她说，"我只是不确定——可不可以相信你。"

计辞随手拿起小书架上王尔德的《自深深处》，竟是原版英文线装书，旁边还有字迹流畅的批注，认真严谨。

看得出她之前的家教应该非常不错。

他随口朗诵书中她喜欢的句子："时日尚长，眼前仍有无数件事待我完成。攀爬陡峭的巅峰，跋涉黑暗的峡谷。"

他说："既然如此，为什么不试一试？你五年没有去过外面的世界，现在只需要把手伸给我，我带给你一个崭新的天地，跋涉峡谷，爬上巅峰。"

计辞作为一个导演，看人很准。

他眼中的阮森林绝对不是如她外貌一般文静而柔弱，她穿梭在山野之间，下地种田，能够养活自己，也会在夜晚给自己泡一壶热茶，在台灯下读诗。

她身上有种浑然天成的野性和锋芒，时而收敛，时而张狂，让人着迷。

连萧恋都感觉到了无形之中来自于阮森林的威胁。

阮森林进剧组的第一天，已经跟所有工作人员打成一片，她用自己烘焙的饼干俘获了众多吃货的心。

第二天、第三天，计辞跟她讲戏，手把手地教，连念台词的语调都有强调。

她学习的速度不算快，但胜在用心，在计辞的强度训练之下也学了个七七八八。

第四天正式开工，效果满意，计辞当着所有人的面，情不自禁，欣喜地低头吻了吻她的发顶。

"森林，你做得很好。"他毫不吝啬地夸奖她，脸上隐隐还带着几分自豪。

终究还是赖在剧组没走的萧恋看到这一幕，眼珠子都快瞪出来了。

萧恋被计辞一句话气哭的那天，无处发泄，朝阮森林大吼："人不风流枉少年，咱们才导就这个风流德性！阮小姐，我倒要看看这次他能对你认真多久！"

大家心里都明白，计辞风流名声在外，举手投足间，轻易就拈了花，惹了草。

但阮森林不明白，她再聪慧过人，到底还是个二十来岁的姑娘，在这片与世隔绝的净土上长大，感情纯粹而热烈。

她觉得喜欢就是喜欢，喜欢就是永远。

可惜她情窦初开，第一个撞上的却是见惯风月的计辞。

完成这一处的拍摄之后，要立即赶往下一个地点。阮森林收拾东西，也需要同他们一起离开了。计辞其实帮不上她什么忙，跟在她身后，看她一遍一遍清点行李，屋里屋外地瞎转悠。

"是不是舍不得？"计辞问阮森林。

她取下墙壁上的相框，心中忽然涌起无法排遣的怅惘，望着故去父母的容颜，透露出一丝迷茫："小时候的事情我已经不记得多少了，好像当初是为了避难，我们才不得不往深山老林里赶。

后来生活渐渐好起来，大家都已经懒得再出去了。而我现在出去了，也不知道什么时候，会一个人再回来。"

计辞伸出双臂缓缓地抱住她："你是跟着我出去的，我不会让你一个人回来。"

她眼底阴霾一扫而光，笑容中带着狡黠："天地为证。"

计辞配合地扬起手，跟她击掌为誓。

"天地为证。"

不止萧恋，几乎全剧组的人都预见了阮森林的结局：被计辞捧红，风光一场之后，再被计辞抛弃。

男女之间感情脆弱，难以维系，时日一长，容易原形毕露。

更何况男方是计辞。

阮森林玩味地想起萧恋那番话，手指在粗瓷碗边缘徘徊，米酒的香醇在嘴里散开："人不风流枉少年，计导，咱们俩谁潜谁可不一定啊……"

04. 我究竟算你的什么呢

计辞是阮森林重要的人生导师。

在遇见他之前，阮森林对世界的认知来源于书本，父母传授，和自己淡薄匮乏的人生经历。遇见他之后，他带她看到一个不单单止于书页上的五光十色的精彩天地。

她如同蹒跚学步的婴孩儿，握着他的手，试探着走出了一步又一步。

由阮森林主演、计辞导演的小成本电影《旧春》，在上映之后取得了惊人的票房成绩。

这部电影成为计辞复出的契机。

那场政治风波已经过去，计辞本就只是无辜受牵连，时间冲刷下自然洗白，又有强大的家庭背景做支撑，只需要凭借一部好作品重回观众的视野当中。

昔日风光又恢复。曾经离他而去的人一个个地凑回跟前，他失去的都已经回来。

而他带着阮森林满世界地参加时装周，出席记者会。当下唯一一件用心在做的事情，仿佛就是在高调地把阮森林推至世人面前。

随着《旧春》的播出，阮森林横空出世，所有人都记住了里面那个天真纯粹又不羁的女孩儿。她像一块璞玉，充满灵性，随着计辞的打磨和雕琢，渐渐光华显露。

家门口每天埋伏着无数记者，昼夜等待，而计辞早已领着她出去旅行。他教她品酒赏花，带她看极地漫天星光，欣赏漂浮的冰川和一望无垠的沙漠，他们一起尝天下美食，在四季中看绝世风光。

阮森林渐渐长成一棵藤蔓，攀附计辞而生存，变得离不开他。

他在她心中埋下爱情的种子，生根发芽。

她看着计辞英俊的脸庞，默默地告诉自己："我要和这个人在一起。"

而在阮森林计划表白的那一天，计辞却抛下她回国，因为萧恋出了车祸。

剧情狗血，但胜在经典，且管用。要挽回昔日恋人的心，萧恋对自己下了狠手，苦肉计十分到位，计辞一收到消息就马不停蹄地赶去医院探望。

计辞落魄时，其他人躲他如躲瘟疫，而萧恋耍耍小脾气，还是愿意跟着他去拍戏，虽然到最后因为怕吃苦而没有出镜。他们曾经交往两年，两年的时间不算长，但彼此在对方心里或多或少总该会留下些痕迹。

这是萧恋的撒手锏。

阮森林比计辞晚一天回家，她刚从机场出来，把手机开机，立刻就有各大娱乐新闻冒出来，黑体加粗的大标题十分抢眼：

——计、萧二人复合指日可待，阮妹妹疑似炮灰。

——新欢旧爱，计辞情归何处？

配图是市中心医院的侧门，萧恋坐在轮椅上，计辞把她抱上保姆车。最是一低头的温柔，计辞那一刻的目光定格在镜头中，不知让多少人心弦一动。

阮森林手指滑动，一字不漏地看完，旁边的经纪人和助理正担心她会黯然伤神，从此一蹶不振，躲去角落默默疗伤。

结果她神色自如，直接打电话给计辞问："你在哪儿？"

计辞在萧家吃饭，顺便帮萧恋安排新戏。

阮森林坐车到萧家门口，被警卫拦住，怎么也进不去，只能隔着扇大铁门看里面一对男女亲昵打闹的场面。

计辞那厮美色当前，估计被迷得七荤八素，居然没有回头看她一眼就推着萧恋进屋了。

两个小时以后，萧恋坐着自动轮椅缓缓驶来，似乎惊讶于阮森林还没走。

"你可真不死心，计辞都已经睡了，今天估计不会出来了，你自己回去吧。"

"他为什么不接我电话？"

"我把他手机关机了。"

阮森林也不见生气，对萧恋摆摆手："哦，你现在身残志坚，我会尽量让着你的。"

"你！"萧恋气急败坏。

阮森林朝她做了个一秒钟的鬼脸。

"行，你爱等就等着吧！"萧恋吩咐家中站岗的警卫，"给我看紧了，一只猫都别给放进来！"

阮森林撇撇嘴。

时间走至深夜十一点，计辞在沙发上一觉睡醒，不顾挽留，还是开车从萧家出去了。车灯往大马路上一照，路边的冬青树下蹲着一团不明物体。

她把头一抬，露出脸，吓了计辞一跳。

他连忙下车飞奔过去："森林你怎么大半夜的在这儿？"

已经是晚秋，夜深霜寒，阮森林穿着件薄外套瑟瑟发抖，说话都打着战："等你啊……"

计辞行走江湖道行很深，这会儿照旧因为她三分委屈七分期待的小眼神狠狠揪心了一把，脱下风衣把她裹住，一把抱进怀里，却听她闷声闷气地问："计辞，我究竟算是你的什么呢？你的演员，你的女朋友，还是你无数个备胎之一？"

计辞停在她发顶的手掌一震，半晌，低低的嗓音响起："森林，对不起。"

从未有过的愧疚．和难得一见的认真。

可见他已经在慎重地考虑两人之间的关系了。

阮森林埋头在他柔软的毛衣里，脸上挂着一丝得意而狡猾的笑，心想："不就是苦肉计嘛，你看，我也会！"

05. 我下了个套．你要不要钻进来

城西有场规模不大的摄影展。主办方邀请计辞，当时只是抱着试一试的心态，没有想到他真的会来赴约。

计辞在一面墙前，看见了一组上世纪有关于大逃港的老照片。

上个世纪 50 年代至 80 年代，由于内陆的饥饿、贫穷，有将近一百万名内地居民，越境逃往香港。其中参与者有农民、知识青年等等，历史上称这种现象为"大逃港"。

计辞驻足许久，引起了主办方的注意。

"计先生对当年的逃港热潮很感兴趣吗？"

"我父母曾经也是逃港者中的一员。"

对方表示惊讶。

计辞但笑不语，掏出手机来看，一阵头疼。自那天在萧家出来以后，不接电话的人变成了阮森林。

"您好，您拨打的电话已关机……"

计辞听着语音播报，满脸无可奈何："果然翅膀长硬了啊！"

再见面，是在三天后的金柏奖颁奖典礼上。

计辞和萧恋两人一起走红地毯，身后跟着的就是阮森林，她挽着一位名望颇高的影坛前辈，举止亲密，步履稳重却透着轻快。连计辞都一时想不明白，明明是自己放在眼皮子底下的人，怎么还会有机会让她去勾搭别人。

她曳地的玫瑰色长裙像一簇跳跃的火焰，在计辞心底烧起来，成燎原之势。

从颁奖典礼，到后来宴会，计辞一直心不在焉，余光始终关注着阮森林。只是机会不对，自始至终，她有意无意地回避他，短短几个小时，无数次端着酒杯与他擦肩而过，他没有说出口的话全部哽在喉咙里。

逮住机会，计辞终于把人截住。

"计导，你这是什么意思？"阮森林微仰起头看向计辞。

他们站在二楼的阳台上，位置很微妙。微茫的月光淡淡洒下来，一楼花园里人来人往，各色的男男女女推杯换盏相互寒暄，景象尽收两人眼底，别人却很难发现他们。

光线昏暗，让计辞脸部深邃的轮廓模糊起来，显出几分柔和。

　　阮森林大着胆子，伸手抚摸他的脸，学他一贯散漫的语气："计导，你把我堵在这里，自己却不说话，到底是个什么意思？"

　　计辞的眼睛危险地眯起来："这几天为什么不接电话？"

　　阮森林笑得像只狐狸，两颗尖尖的小虎牙露出来："我学你呀，你照顾萧恋的时候，不是也不接我电话吗？"

　　"那次只是偶然，我手机没电自动关机了！"

　　"我手机也没电。"

　　计辞抓狂，这姑娘怎么这么不讲道理！

　　"好吧，你说，我要怎样道歉你才肯接受？"

　　"你喜欢我吗？"两人同时脱口而出。

　　计辞听见她的问题，耳朵里一阵轰鸣，随即镇静下来。眼前望着他的一双眸子专注而固执，婆娑的树影一半投映在她身后的白墙上，一半点缀在她翩跹的裙裾上。

　　"喜欢。"计辞说。

　　"你再说一遍。"

　　"我喜欢你。"

　　"那你要娶我吗？"

　　他脸上的笑弧越来越大："有何不可？"

　　阮森林踮起脚，双手环住计辞的脖子，蜻蜓点水地吻了吻他的唇："就这么说定了，计先生，我可不是在跟你开玩笑。"

"啪嗒!"

墙壁上的灯控开关突然被人一声按响,强烈的白炽灯光把昏暗的阳台照亮如白昼。原本空荡的阳台,被记者挤满了。

计辞和阮森林暴露在镁光灯下。

他们的唇才分开一秒,阮森林的手还没从计辞的颈脖上撤下来。

众记者不知道是什么时候悄无声息赶来这里的,听见了多少,看见了多少,但明天各大娱乐报的头条必定会是轰轰烈烈地展现这个求婚现场。

计辞说他喜欢阮森林,要娶阮森林。

话一出口,覆水难收,阮森林不会给他反悔的余地。纵是玩笑,她也会让他假戏真做。

"计导,请问你对阮小姐的感情是从什么时候开始的?"

"计导,听闻你在拍摄电影《旧春》之前并不是认识阮小姐,当初是什么样的契机让她成为你的女一号呢?"

"你对阮森林的求婚,是否也意味着萧恋只是过去式了?"

......

计辞在短暂的惊诧之后回神,顺势揽住阮森林的肩膀,一起面对镜头："多谢大家关心，具体情况我和森林会择日召开记者会向大家说明，到时候连同婚期也会一并公布。"

阮森林一愣，没有料想到他会是这个反应。

原本做好了十足的心理准备，以为他会当场翻脸，抑或是默然不语，被动接受的态度，却万万没想到他居然会这么积极地配合她，大方承认。

他低头时，故意放轻的声音只有彼此才能听到："你计划这么久，给我下了个套，我要是不钻进来，你岂不是很挫败？"

原来他都知道！

阮森林心中五味杂陈。

是她一早策划好叫来记者埋伏在身边，又故意引计辞去阳台，顺理成章让他说出告白，然后让记者曝光。她把计辞逼到死角，逼他做一个了断。

她不想拖泥带水，一刀下去，不管结果如何。

她到底不是只会攀附计辞的藤蔓，她是一片森林，蓬勃生机，向光生长。遮天蔽日，永不枯萎，她要让计辞的余生里只有她。

只是这点儿伎俩，又怎么会瞒得过计辞的眼睛？

平生一大幸事，是她犯错，而他将错就错。

他顺着她的意，告白，求婚，心甘情愿地入局。

06. 一生一记，我的森林

婚礼举行的当天，阮森林独身一人，身边无父母亲朋。计辞的父母看着她，格外怜惜。

阮森林仅有的，是一张一家三口的黑白照片。照片里，两岁的小女孩儿坐在父亲的手臂上，眯着眼睛，歪了脑袋在打瞌睡。计父看见时，拿过来端详了许久，一开始只觉得照片眼熟，后来才记起，这张照片原来是出自于他之手。

"原来缘分早就开始了……"白发苍苍的计父感慨。

1980年，最后一波逃港热潮涌来，计辞一家三口也加入了这个浩浩荡荡的队伍。

那一年，计辞八岁。

偷渡的风险很大。偷渡者为了避免被捉回去，都甘愿冒风险，选择风雨交加的夜晚出发，这样巡逻的边防战士会相对减少。

计辞也是在一个风雨夜遇见阮家三口人的。

那晚的月亮藏在云后，不透一丝光，为了避免招来士兵，没有一个人敢点燃火把。计辞在山道上和父母走散，情急中脚下打滑，差点从山坡上滚下去，是旁边的男人拉住他，救了他一命。那是阮森林的父亲。

两家人因此结识，相互陪伴着匆匆忙忙地走了一段路。

途中停下来休息时，计父为了表达感激之情，提议为对方一家三口拍一张照片。当时寻了一个偏僻的角落，时间紧张，大家相互默契配合。计辞的母亲在旁边点亮一盏煤油灯，又立即熄灭。计父借着光，在那短短的几秒钟内按下快门。

而计辞在那短短的几秒钟里，终于看清了坐在父亲怀里打瞌睡的小娃娃的脸。

当年的生死关头、风雨夜的一张照片，因为印记太过于深刻，跨越一个世纪仍留在脑海中永远也忘不掉。

只是当年的两个家庭，在人群中冲散以后命运各有不同。一家人逃港成功，闯出一片新的天地。而另一家人逃港失败，为了避难而久居深山，后来反倒恋上了清贫自在的生活。

二十年过去，计辞在阮森林家中看见墙壁的老照片，记忆翻涌而来。

他让她当他的女主角，他做她人生的引路人。慢慢发现，一旦把目光投掷于她身上，就越发移不开眼，他为她着迷。

原来缘分早已经开始。

后来，日本有个叫森淳一的导演拍了一部电影叫《小森林》，里面的女主人公的经历，和阮森林曾经幽居深山的生活颇为相似。

计辞一直耿耿于怀，介意自己没有拍一部与妻子有关的作品。

他准备好几年，请阮小姐出镜，终于顺利开机完成。

5 个月零 20 天的漫长拍摄，剪辑出一部 13 分 14 秒的微电影。

每一帧画面，都经由他手精心制作完成。

这部电影名唤《森林记》，记他衷情之人的一生。

平生欢

＼

斯人若彩虹，遇见方知世上有。

01. 第一次遇见，他是戴草帽的农民，她是落魄的酒吧女

唐绪臣赶到小季山时，已经迟到了两个小时。

唐爷爷坐在田埂上拿着草帽扇风，脚边还剩下半箩筐的翠绿秧苗。唐绪臣心里"咯噔"一下，暗道不好，果然就听见唐爷爷说："臣臣，过来把秧插完，我就先回去了。"

唐爷爷把草帽扣在小孙子头上，指了指旁边草地上的解放牌单车，说："你的车我会叫警卫帮你开走，你干完活儿就自己骑单车回去，不要给我耍花样。"

"不是吧，爷爷，您要不要这么狠心，我只是迟到而已……"

"你这种行为，要是放在我以前带的部队里，是要被枪毙的！"

唐绪臣顿时哭笑不得，唐爷爷朝他挥一挥手，不带走一片云彩地走了。

唐家流行忆苦思甜。唐爷爷每隔两三个月，就会带着小辈下乡务农。这一回唐绪臣因为忘记了这一回事，耽搁了时间，所以被罚。

唐绪臣插完秧，正好太阳落山。身上的衬衫已经湿透，皱得不成样子，西装裤上满是泥巴，溪水洗也洗不干净。

他不能再慢了，从小季山骑单车赶回桐城市区，怎么也得四五个小时。

四五个小时以后，浑身泥泞和汗水的唐绪臣瘫坐在桐城街道的一棵棕榈树下喘粗气。他把草帽扣在脸上，也不用担心有熟人认出来。

对面是酒吧一条街，形形色色的男女、嘈杂的音乐。

唐绪臣注意到其中一个穿超短裙的女人，挂在一个外国金发碧眼的男人身上，相互搂着，在酒吧门口亲热。唐绪臣之所以会注意到她，是因为她全身上下，五颜六色，亮片闪闪发光，像一棵圣诞树。

乍一眼望过去，深深地刺激到了他的视觉神经。

唐绪臣休息好了，准备起身离开时，那棵"圣诞树"却风驰电掣地从马路对面跑过来，一头撞到他的胸膛上，吐了他一身。

——飞来横祸。

今天大概是唐绪臣这辈子运气最差的一天。

对于有洁癖的他来说，没把人直接甩出去，已经算是大发慈悲了。他耐着性子，把人推开，却被抓住了手。

"喂，你能不能送我回家？"

带着浓浓的醉意的声音。

唐绪臣没管她，支起解放牌单车就走，后座突然一重，腰上一紧，圣诞树小姐已经自发地缠了上来。

别无选择，唐绪臣按照报出的地址把人送到了楼下。见她像一摊软泥瘫在地上，送佛送到西，又把人扛进了屋。

唐绪臣是不会轻易委屈自己的人，他看了一眼浴室，设备齐全，也还算整洁干净，准备洗个澡再说。

衣服上的呕吐物已经让他忍无可忍。

原本还醉眼迷蒙的圣诞树小姐，也就是叶泠，在浴室门关上的那一刻，眼中一片清明。一个翻身从沙发上跃起来，去阳台打电话。

叶泠说："任务失败了，我没能在 Devin 身上找到有用的线索。"

易小七说："你现在安全吗？"

"安全……小七，我好像遇到了我的真命天子。刚刚也是他救的我，否则我不可能那么快脱身，还差点儿在 Devin 面前穿帮。"

易小七好奇："他是个怎么样的人？"

"好像……是个农民。"

易小七沉默了一秒才继续问："你怎么判定那个农民是你的 Mr.Right 的？"

"在他摘下草帽露出脸的那一刻，我对他一见钟情。"

"叶长官，我真没想到你是这么肤浅的人。"

叶泠对着夜色呼出长长的一口气，说："我也没有想到啊……"

易小七说："你辜负了祖国对你的培养，人民对你的期望。"

唐绪臣洗完澡出来，身上围着干净的浴巾，但他总不能这个样子走到外面去。

他看了眼沙发上昏睡的人，坦坦荡荡地走进她的卧室，打开衣柜，找出了一套宽大的中性化的纯白圆领睡衣，套在了自己身上，然后头也不回地关门走了出去。

02. 第二次遇见，他是穿白大褂的帅医生，她是逗小男孩儿的女痞子

从小到大没有感冒过，好像基因变异，拥有金刚不坏之身的叶泠，在意识到自己对一个陌生农民一见钟情后的第二天，发起了四十度的高烧。

她不得不自己坚强地跑去医院。

这阵子流感特别严重，医院里人满为患。因为注射室里已经没有多余的位置，叶泠一个人坐在走廊上吊水。

人生病的时候容易脆弱，她不想让自己这么脆弱，哼着部队里的歌，给自己鼓劲。

"日落西山红霞飞，战士打靶把营归，把营归。风展红旗映彩霞，愉快的歌声满天飞。咪嗦啦咪嗦，啦嗦咪哆来，愉快的歌声满天飞！"

一对双胞胎男孩儿站在她对面，睁大双眼，目不转睛地望着她。

唐绪臣刚开完会，要准备下一场手术，穿上白大褂，领着一拨医生往手术室里走。从二楼路过的时候，听到孩子的哭声，不由自主地停了下来。

他看见一个拎着吊瓶的女人蹲在地上哄一对双胞胎："你们

俩别哭啊，姐姐给你们变魔术好不好？"说着，她单手折断了掌心一块厚厚的金属片，再一脚把地上的易拉罐准确无误地踢进了十米开外的垃圾桶。

双胞胎哭得更厉害了，吓得腿发抖，都走不动了。

她束手无策，突然笑容满面地说："要不姐姐亲你们每个人一下吧？"

双胞胎齐刷刷呆了一秒，然后哭声震天，终于把父母引来了。两位家长抱着孩子临走之前，用一种打量变态的眼光，扫射了她一遍。

叶冷觉得自己真是全世界最无辜的人。

她只是一不小心唱了首军歌，发现双胞胎在盯着自己看，于是她笑眯眯地跟他们打招呼，双胞胎却开始哭。她还向他们展示了一下自己的独门绝技，哄他们开心，得到的却是这样的结果。

叶冷很灰心。

她看着双胞胎被父母抱走的时候，有点儿想念自己的爸妈，霎时红了眼眶。果然，人生病的时候容易脆弱啊！

她决定再唱一首《军中绿花》。

唐绪臣看完了全程。

连着他身后的整个医疗团队，也都默默无语地看完了全程。

　　唐绪臣扫了一眼时间，离手术还有四十分钟。他把手上的资料交给身后的助手："你们先去准备，我待会儿就过来。"

　　他说完，众人散开，各自去忙各自的事情。他一个人走到叶泠面前，低头俯视她，好心地开口提醒："针管回血了。"

　　叶泠一愣，唐绪臣已经接过她手中的吊瓶，往上提高了一点儿，回血的现象马上就消失了。

　　"你……你是昨天那个农民！"叶泠说完恨不得咬掉自己的舌头。

　　唐绪臣笑容温和，说："哦，你是昨天那棵圣诞树。"

　　叶泠想起昨天自己夸张的打扮，被这样评价确实很恰当，不好意思地笑起来。

　　"去我办公室休息吧，有沙发可以躺一会儿。你可以一边吊水一边休息，睡两个小时左右。"

　　叶泠这才发觉他的身份，惊诧地说："原来你是医生啊！"

　　唐绪臣指了指自己身上的白大褂，说："怎么，这个事实有这么难发现吗？"

　　叶泠感觉智商不够用了。

　　她发现自己的大脑在遇见这个人的时候不听使唤、反应迟钝，还老是当机，平常的敏捷半点儿不剩。要是传到队友耳朵里，估计会被笑死。

唐绪臣把人领到办公室，走之前说了一句："以后不要一个人去昨天那种地方了，你不适合。"

叶泠惊讶："你、你怎么知道？"

"我昨天进了你家门，以一个医生的标准来评判，也还算整洁干净，你不像是常年出入娱乐场所的人。而且你家墙上贴着标准的作息时间，你根本就没有丰富的夜生活，昨天应该只是一个意外……"

唐绪臣又说："最主要的是——你好像不太会化妆。"

叶泠忧伤地说："……我已经尽力了。"

唐绪臣笑："对了，昨天没有经过你同意就穿走了你一套睡衣，实在很抱歉，我一定找个时间拿来还你。"他伸出右手来，指骨劲瘦，修长有力，"忘了自我介绍一下，我叫唐绪臣。"

叶泠迟钝，差点儿敬了个军礼："你好，我叫叶泠。"

唐绪臣动手术花了五个小时，叶泠也发了五个小时的呆。她想起以前和易小七看过的那部电影，那句台词：

But every once in a while you find someone who's iridescent, and when you do, nothing will ever compare.

斯人若彩虹，遇上方知有。

她回过神来兴奋地打电话给易小七："我的 Mr.Right 竟然是个帅医生啊！"

03. 第三次遇见，他是西装革履的投资人，她是凭空出现的神秘客

叶泠检查好装备，潜伏进苍茫的夜色里。

为了摸清两位大毒枭的交易地点，搜集他们走私的证据，她在那个叫 Devin 的美国人身边已经潜伏了近三个月，变换了无数种身份。

但 Devin 是个极其谨慎的人，叶泠硬是没有寻得机会下手。她不能再等下去了，只能夜闯 Devin 住宿的榕枫酒店，一探究竟。

房间亮堂，浴室里传来哗哗的流水声和男女暧昧的喘息声。叶泠快速地从窗外潜进室内，地毯式的搜索，耳朵时刻留意着浴室里的动静。打开衣柜时，却被率先藏在里面的人用枪打中了右手。

Devin 前几日有所察觉，一直在守株待兔，埋伏了人手，等她来。

叶泠受伤，从高层的窗口一跃而下，挂到下一层的空调箱上摇摇欲坠。右手的鲜血直往下趟，只是在黑色的衣料上暂时看不出端倪。

一小时前，唐绪臣接到大哥唐商的电话，对方礼节式寒暄几

句之后，嘱咐道："待会儿在榕枫酒店有个会议，你代我出席。"

唐绪臣和唐商的容貌相似，身量也相近，只是哥哥更加严肃，弟弟的性格显得温和一些。但不太熟悉他们的人，根本分辨不出。于是每当唐商有急事走不开的时候，偶尔会让唐绪臣顶替他几个小时。

唐绪臣直觉这天榕枫酒店内不太平，过道上来往的人比平日里多了一倍。他只是趁着会议中途休息的时间，在走廊上抽根烟，面前一共走过了九个人。

等数到第十个人，他眼睛一眯。

叶泠穿着酒店服务生的衣服凭空出现在了他眼前。

唐绪臣对叶泠的这身打扮颇为惊讶，还没惊讶完，她已经扑上来，抱住他的脖子开始索吻。

她受伤的右手本能地从他的西装外套中探进去，摩挲着他的衬衫，寻找最佳的隐藏位置，整个人缩在唐绪臣身前。

唐绪臣从未有过现在这样大脑一片空白的时候。

但也只是一瞬，他就恢复过来，同时闻到了一股淡淡的血腥味。在他因为洁癖本能地想要推开对方时，叶泠低声道："帮我一次？"

唐绪臣双手环住叶泠，后者显然没有过亲吻的经验，咬破了他的唇。两人唇齿缠绵，仿佛一对难舍难分的亲密恋人。

叶泠听到 Devin 在问酒店经理："那两个是什么人？"

酒店经理认出唐绪臣，说："他是唐氏集团最大的股东。"至于贴在他身上的人，穿着酒店服务生的白色衬衣和黑色工装裙，身份不言而喻。

风流成性的 Devin 遇到这种情况，被转移了一丝注意力，还轻佻地吹了一声口哨："想不到传说中的唐家大少爷也这么热情开放啊……"

04. 第四次遇见，难道是最后一次遇见吗

唐绪臣难得和唐肖一起喝酒，兄弟俩坐在影音室里，面前巨大的屏幕在播放《恐龙未灭绝的时代Ⅲ》。

唐绪臣说："哥，我莫名其妙被吻了。"

唐商抿了一小口酒，问："你有对方的联系方式吗？"

唐绪臣拿出手机查看，确定自己保存了叶泠的号码。唐商拿过他的手机，直接把那个号码拨出去："喂，你好，我是唐绪臣。周六晚上八点，常州湾 1 号游艇上见，请务必要来。"

通话结束，唐商面不改色地把手机扔还给唐绪臣："我帮你约好了，周六晚上不是有个宴会嘛，你到时候向人家告白就可以了，她刚刚答应了会去。"

唐绪臣嘴角抽搐："我为什么要告白？我又没说喜欢她！"

　　唐商面瘫地说："你如果不喜欢她，怎么会在这里瞎捉摸了三个多小时？"

　　唐绪臣无奈地说："哥，商人都像你这样犀利吗？"

　　唐商说："拿手术刀的医生出手更应该果断。"

　　叶泠当时睡得迷迷糊糊，接到唐绪臣那个简短的电话之后，由于心潮澎湃太激动，也没有听出对方的声音和以往有所不同。

　　她尽量冷静地思考了一下，确定唐绪臣应该是要和她约会的意思。又半夜打电话吵醒了易小七，向她求助穿什么衣服好看，穿多少厘米的高跟鞋合适，怎么样化一个好看点儿的妆。

　　易小七在那头骂娘之后，果断地关了机。

　　叶泠丝毫没有被影响到心情。总之，到了星期六的晚上，她穿着白色的雪纺长裙挽着小皮包上阵了。

　　游艇上举行的宴会，是为了庆祝唐爷爷的七十大寿。

　　老人家本不爱操办这些，但是趁着这个机会把在外的小辈们全都叫回来，看看儿孙满堂的画面，还是很值得高兴的。

　　叶泠以为是单纯的约会，没想到会是这个场面，顿时底气不足，对旁边的唐绪臣说："趁着宴会还没开始，我还是先去买个礼物吧？"

　　唐绪臣见她坚持，也不再阻止，指着岸上的超市笑说："去前台买根星空棒棒糖就可以了，爷爷喜欢吃那个。"

　　叶泠白了他一眼，专心去超市货架上挑选礼物。

　　唐绪臣接了一个电话，暂时走开，到外面去接听了。叶泠选好一个古瓷杯，路过超市储物室时听到里面有窸窸窣窣的声音。她的特殊职业让她对一些词汇特别敏感。

　　她贴在门上静静听了半晌。

　　离宴会开始还有二十分钟，1号游艇上的客人已经陆陆续续到场。唐绪臣陪着叶泠倚在栏杆上吹风，她看起来心事重重。

　　起初唐绪臣以为她是因为紧张，才望着海平面。

　　后来唐绪臣才知道，她那天晚上不是在看海，而是在盯着相隔不远的2号游艇。

　　"叶泠，或许这样问会不太礼貌，但还是想打听一下，你究竟是干什么的？"唐绪臣突然问。经过上次在榕枫酒店的事，他自然能察觉到，她的身份并不是那么简单。

　　叶泠心里翻涌，脸上从容，第一次在唐绪臣面前展示了作为一个特种兵所具备的良好心理素质。她笑得灿若骄阳，却什么话也不说。

　　撒谎在军人看来是很大的罪过。

她不想对他撒谎。

气氛一时变得尴尬起来。

唐绪臣照顾她的情绪，想给她留一个安静的空间缓和一下，于是故意说："你能不能在这儿等我五分钟，我今天把你的那套白色睡衣带到游艇上来了，现在去拿，免得待会儿又忘了……"

叶泠点点头。

唐绪臣走后不久，叶泠注意到 2 号游艇开始发动，渐渐向水面驶去。她犹豫了两秒钟，环顾四周没人，然后提着裙子狠狠一扯，膝盖以下的布料被刺啦撕下来，脱了七厘米的高跟鞋，一个翻身跳过栏杆，扎进水里。

无声无息地向 2 号游艇潜去。

唐绪臣看着手表，掐好时间，想着她应该调整得差不多了。路过餐桌时，顺手端了一块提拉米苏，他记得叶泠刚才无意中提到过喜欢吃甜食。

游艇尾部的甲板上空无一人，装饰的彩灯在眼前闪烁，唐绪臣没想到五分钟之后会是这样的场景。

叶泠直接当了逃兵，不告而别，一走了之。

他吹着微凉的晚风，第一次有了非常挫败的感觉，情绪不受控制地低落起来。

第二天，新闻上播报常州湾海域有一艘游艇爆炸，他也没有留心，匆匆一眼掠过，就进了手术室。

05. 第五次遇见，他看见的是她的照片

唐绪臣在往后的很长一段时间里，没有再遇见过那个叫叶泠的人。

他也没有留意这很长一段时间，究竟是多少天，几个月，还是又几年。他做过了很多场大型手术，出过两本医学专著，还去国外进修过。年少有为的天才医生，被美国权威的医疗机构邀请前去合作。

他在国外深造时，想起叶泠，越发觉得遥远，好像她的出现只是他的一场幻觉。

她有太多的秘密，他无法触及，无法靠近。

回国的那天，恰好又是唐爷爷的生日。

这次从简，是在家里办的酒。

一家人围坐在一起，唐商跟唐绪臣提起："你和叶泠还有联系吗？"

那晚在宴会开始之前，唐绪臣率先把叶泠介绍给唐商认识过，但唐绪臣没想到他日理万机的大哥还能记住叶泠这个人。

"没有。"

"我刚才在爷爷书桌上的一张照片里，好像看见有她。"

唐绪臣一声招呼也不打，冲进了唐爷爷的房间，一眼看见了唐商所说的照片。上面是几个人的合影，个个军装笔挺，英姿飒爽。

左边倒数第二个，是唐绪臣仅仅见过四次，却念念不忘的一张脸。张扬明媚地笑着，置身在阳光下，仿佛整个人都闪闪发光。

唐绪臣见过她扮酒吧女，见过她逗小孩儿，见过她生病时像只猫一样缩在沙发上，见过她长裙清新动人，却没有见过她穿军装的样子。

没见过，她本来的这副样子。

这才是真正的叶泠。

"爷爷，您这张照片哪儿来的？"唐绪臣向唐爷爷打听。

唐爷爷说："噢……那是你罗叔叔带过来的。他曾经是我手下最好的兵，现在他也有了自己最满意的兵，就想让我看看……"

唐绪臣说："那您把罗叔叔的电话号码给我。"

唐爷爷是个人精："臣臣，你是不是看上照片上的哪个姑娘了？不要着急，爷爷马上帮你牵线！"

唐绪臣："……"

06. 第六次遇见。有生之年，终不能幸免

这是叶泠退役后的第三年。

赶上情人节的缘故，咖啡厅里十分热闹，几乎满座。窗外阳光耀目，大街上时不时有手捧玫瑰花的女孩儿经过。叶泠感慨了下人家的貌美如花，豆蔻年华。

在一刻钟前，她应付完妈妈帮她安排的五个相亲对象，身心俱疲。

一头栗色短发，长相甜美可爱的女孩儿跑过来，一把抱住她："泠泠，你真是太可怜了，要不我娶你吧？"

叶泠女王范地甩开身上的萝莉："易小七，你给我滚远点儿。"

她说完自己忽然愣了。

落地窗上映出一个身影，她逆着光，很刺眼，但还是仔细地看着那个影子，想看清他的眉眼。

身后，三年未见的唐绪臣忍不住先开口："叶泠。"

一瞬间，叶泠从女三大人被打回原形，变成有些呆愣的傻样子。她从藤椅上站起来，标准的军姿，生机蓬勃，莫名让唐绪臣想起他第一次遇见她时的那棵棕榈树。他收敛起情绪，在她面前坐下，"你好，我是你的第六位相亲对象。"

叶泠脑袋里像有烟花炸开。

易小七不认识唐绪臣，打量了他一番，心里大呼阿弥陀佛，

老天开眼了，终于赐给了冷冷一个集美色、气质和财富于一身的男人。她终于可以不用强行掰弯自己，和冷冷凑一对了。

易小七赶紧起身："你们慢聊哈，我妈喊我回家吃饭，我就先走了……"

叶泠看着唐绪臣，支支吾吾："你、你真是我相亲对象？"她要不要打电话跟妈妈确认一下啊？

唐绪臣仿佛看穿了她的想法，说："我和伯母已经谈妥了，如果我们俩也谈满意了的话，可以直接结婚。"

叶泠脱口而出："我挺满意的。"

"但我还不是很确定。"唐绪臣脸上笑意加深几分，故意地说，"我要你能干什么？"

"我可以保护你。"

她说，她可以保护他。

三年前，叶泠便是用自己的方法在保护他。她去给唐爷爷买寿礼，路过储物室时不小心听到了 Devin 在打电话，毒枭当晚交货的地点就在常州湾的 2 号游艇上。叶泠立即通知了队员，自己率先潜入游艇内打探虚实。

后来情况紧急，场面失控，她收到上级的指示，直接引爆游艇，销毁毒品。她为了让 2 号游艇驶向更宽阔的海域，避免爆炸时累及 1 号游艇，努力拖延时间，被 Devin 发现，交战后受了重伤。

爆炸发生，她自己差点儿死在大海里。

这三年里她努力康复治疗，不久前才摆脱拐杖，从医院出来。她的身体已大不如从前，早就被父母要求退役，离开了部队。也不是没有想过去找他，只是她觉得，连站都站不起来的自己，又有什么资格陪伴在他身旁。

唐绪臣昨晚从内部了解到这一切，睁着眼睛坐了一宿。

他曾经以为是她不告而别，弃甲曳兵而逃，却没想过她是最勇敢的战士，是不会退缩的叶泠。他端着提拉米苏灰心失望时，她正拿着手枪攥着爆破遥控器，命悬一线。

他就在不知不觉中，这样亏欠了她。

"我可以保护你，这个理由够吗？"

"足够了。"

叶泠思索了一会儿，继续说："除了这个理由，我想，我还有军人的一颗赤子之心可以给你。"

"你们军人都这么直接吗？"唐绪臣一边问，一边从口袋里掏出一枚钻戒出来。这是他昨晚连夜去买的，这一刻毫无掩饰地送到她面前，"我哥教我，拿手术刀的医生出手更应该果断。"

唐绪臣医院办公室的抽屉里有一张纸，两行诗句。

那天叶泠吊水时，躺在沙发上迟迟睡不着，看见桌上空白的纸和笔。她当时满脑子想的都是唐绪臣，那个帅医生，心里念《怦然心动》中令她着迷的台词，不由自主地默写下来。

后来压在底下，忘了带走。

他回来看到后，一直把那张薄薄的纸妥善地夹在书页里。多年后翻开，天长地久，还是清秀而遒劲的字迹。她不知道，对他来说，她才是那道横亘在心上的天虹。

斯人若彩虹。

遇见方知世上有。

我知晓你曾受伤，想护你痊愈
而我爱你，岁月永恒，天地希声

———————————— •

CHUNFENGJI
SENLINJI

她踏着荆棘而来，只为与他走一段路
暗恋其实是一场诛心

CHUNFENGJI
SENLINJI

斯人若彩虹

遇见，方知世上有

CHUNFENGJI

SENLINJI

哪怕这最后一次预谋已久的告别
她也始终无法将那句喜欢道出口

CHUNFENGJI
SENLINJI

图书在版编目（ＣＩＰ）数据

　　森林记 / 晏生著. -- 石家庄：花山文艺出版社，2017.1（2020.1重印）
　　（春风集）
　　ISBN 978-7-5511-3218-3

　　Ⅰ．①森… Ⅱ．①晏…Ⅲ．①短篇小说－小说集－中国－当代 Ⅳ．①I247.7

　　中国版本图书馆CIP数据核字（2017）第005914号

书　　　名：**春风集·森林记**

著　　　者：晏　生

策划统筹：张采鑫

特约编辑：蔡杭蓓

责任编辑：郝卫国

责任校对：齐　欣

封面设计：刘　艳

内文设计：米　籽

美术编辑：许宝坤

出版发行：花山文艺出版社（邮政编码：050061）
　　　　　（河北省石家庄市友谊北大街330号）

销售热线：0311-88643221/29/35/26

传　　真：0311-88643225

印　　刷：三河市华东印刷有限公司

经　　销：新华书店

开　　本：880×1230　1/32

印　　张：9

字　　数：161千字

版　　次：2017年4月第1版
　　　　　2020年1月第2次印刷

书　　号：ISBN 978-7-5511-3218-3

定　　价：39.80元